ROGUE DEVIL - BRENDAN

VERSIONE ITALIANA

KYLIE GILMORE

Traduzione di
MIRELLA BANFI

Rogue Devil - Brendan © 2020 Kylie Gilmore

Copertina di: Michele Catalano Creative

Traduzione di: Mirella Banfi

Pubblicato da: Extra Fancy Books

ISBN-13: 978-1-64658-049-1

1

Tre giorni prima di Natale, isola di Villroy

Chloe

«Pensi che sia possibile restare amici con un uomo dopo essere andata a letto con lui?» chiedo a Sara, la mia sorellona.

«No.»

Sospiro e appoggio la testa contro la pelle morbida della poltrona reclinabile nel soggiorno della sua suite a Palazzo Amalie. Il palazzo è la mia casa lontano da casa da quando Sara ha sposato il principe Adrian Rourke. Posso sempre contare sul fatto che sarà sincera con me. Comunque, non voglio che sia vero.

«Ma...» comincio a dire.

«No.» Sara si china in avanti dal divano adiacente e mi stringe la mano. I suoi occhi verdi sono franchi. «Chloe, so che pensi che ciò che avevi con Michael fosse solo un'amicizia con qualcosa in più, ma in realtà era una relazione.»

Non mi piace. Sono passati tre mesi da quando ho rifiutato la proposta di matrimonio di Michael, che, tra parentesi, era arrivata come un fulmine a ciel sereno. Non avevo idea che provasse quei sentimenti, è una guardia di palazzo che avevo incontrato qui mentre venivo a trovare Sara, sull'isola di Villroy, al largo delle coste sudoccidentali della Francia. Spero che possiamo rimanere amici. Tornerò regolarmente a Villroy, dato che Sara vive qui.

Sara si spinge i capelli biondi dietro le orecchie e continua, in quel suo modo materno. Ha sette anni più di me e mi ha allevato lei dopo la morte dei nostri genitori. «Ricordi com'ero prima di Adrian? Chiusa in me stessa, non volevo dare una possibilità a nessuno di entrare nel mio cuore. E tu mi hai detto di buttarmi. Chloe, quella è stata la miglior decisione della mia vita. Guardami ora, sono più felice di quanto sia mai stata, sposata e con un bellissimo bambino.»

Mando giù il groppo di emozioni che mi chiudono la gola. Sono contenta che Sara sia così felice. Lo merita. «Sono entusiasta per te, lo sai, ma la situazione non è la stessa per me. Adrian era il tuo amico d'infanzia. Era destino, o qualcosa del genere. Michael non è il mio destino.»

«Può essere vero» mi dice gentilmente. «Ciò che sto cercando di dirti è che anche se le circostanze esterne sono diverse, dentro di noi non siamo così diverse. A causa di ciò che è successo con la mamma e...»

Alzo una mano. «Non ha niente a che vedere con loro.» Ricordo appena i nostri genitori perché sono morti quando avevo solo sei anni. Segretamente, penso di essere interrotta, spezzata. Non piango mai, nemmeno quando erano morti i nostri genitori. Sara dice che per tre mesi ero diventata muta. E non ricambiavo l'amore di Michael, anche se è una brava persona.

Sara sospira. «Okay. Voglio sono incoraggiarti ad aprirti un po'. Tendi a rinchiuderti in te stessa.» Aggrotta le sopracciglia. «Temo di averti dato un pessimo esempio visto come non ho legato con nessuno in modo significativo così a lungo. Voglio qualcosa di meglio per te. Sei una persona generosa, con tanto amore da dare.»

«Io voglio bene a Henry.» È suo figlio, il mio nipotino.

Lei sorride. «Lo so, ma è un po' troppo piccolo per contribuire alla tua vita sociale.» Ed è riuscita a farmi ridere.

Lei mi minaccia con un dito, dicendo in tono lieve: «Perfino le studentesse più serie possono avere un ragazzo. Si chiama equilibrio tra vita e lavoro e qualche volta significa correre un rischio quando appare la persona *giusta*. Non importa quanto sembri terrificante».

Mi raddrizzo sul divano. Non sono spaventata. Sara non è andata al college, quindi non capisce la pressione. Mi sto laureando sia in biologia sia in chimica alla Columbia University di New York, in un percorso accelerato di tre anni e poi ci sarà la facoltà di medicina. Ho sempre saputo che ciò per cui sono nata è diventare una ricercatrice in campo medico e che avrebbe comportato dei sacrifici. Lunghe ore di studio e duro lavoro fanno parte del gioco. Solo, non volevo che qualcun altro soffrisse a causa mia.

Si apre la porta della suite. Entra mio cognato, Adrian, con il mio nipotino di tre mesi, Henry. Adrian è alto, capelli castano scuro, dolci occhi nocciola e i classici zigomi alti e la mandibola squadrata dei Rourke. «Ha fame» dice a Sara.

«Aww, ciao Henry!» dico. L'ho conosciuto il giorno dopo la sua nascita, in settembre, e ora siamo di nuovo insieme. Non mi presta attenzione. Si sta agitando in braccio a Adrian, arricciando il musino e preparandosi per una delle sue rumorose sessioni di pianto.

Sara apre rapidamente i bottoni della blusa e tende le braccia. Adrian le passa il bambino perché lo allatti. Loro tre sono seduti vicini sul divano. Mi si stringe la gola guardando la loro amorevole famiglia. Non posso fare a meno di sentirmi un'outsider. Una volta eravamo solo io e Sara contro il mondo.

Mi alzo. «Ci vediamo più tardi.»

Sara alza gli occhi. «Torni al ballo? Stai così bene con quel vestito. Il colore contrasta splendidamente con i tuoi capelli e fa risaltare i tuoi occhi.» Sara e io ci assomigliamo, capelli biondi e occhi verdi, solo che di recente ho tinto di rosso i miei capelli.

«Grazie.» Guardo il vestito verde stile impero che mi ha fatto confezionare la cognata di Sara. È un ballo a tema Regency, quindi abbiamo dovuto tutti partecipare con i costumi giusti. «Ho partecipato al ballo solo perché la regina Anna mi voleva lì. Non mi piace ballare e i balli che stavano facendo sembravano complicati.» Muovo la mano in aria come fosse un serpente. «Un ballo in linea, con tutte quelle figure che si intrecciavano, gente che si girava di qua e di là.»

Sara sorride. «Sembra divertente. Spero che ci sia un altro ballo natalizio l'anno prossimo. Allora potremo portare Henry.» Adrian aveva ritenuto che fosse troppo presto per esporre Henry a tutti quei germi.

«Mi assicurerò che ci sia» dice Adrian, baciandole la tempia.

Si guardano negli occhi, l'amore tra di loro è palpabile.

«Ciao» mormoro ed esco, chiudendo silenziosamente la porta dietro di me.

Mi dirigo alla mia stanza al secondo piano, sentendomi giù di morale. Ho intenzione di cambiarmi e studiare per il test d'ingresso alla facoltà di medicina che farò in primavera. Da adesso in poi, mi concentrerò sullo studio. Perfino gli scopamici sono più di quello che posso permettermi. Ovviamente non sono portata per le relazioni. Non sapevo nemmeno di averne una finché Michael non mi ha chiesto di sposarlo. Da ora in poi, starò alla larga dalle relazioni di ogni tipo, così non si farà male nessuno.

È il pomeriggio del giorno di Natale e sono rannicchiata in una comoda poltrona nella mia stanza a leggere gli ultimi articoli nel *New England Journal of Medicine* sul mio laptop. Tranne lo scambio di regali di questa mattina, sono rimasta più che altro nella mia stanza a leggere riviste mediche e a studiare. Di solito per me leggere è una pausa rilassante, ma oggi sono irrequieta.

Guardo la mia bambolina troll, Kablum, con la sua esplosione di capelli blu, appollaiata sul tavolino. L'ho comprata a un mercatino delle pulci anni fa e mi segue dappertutto, è il mio portafortuna. «Penso che sia ora di mangiare qualche biscotto, che ne pensi?»

Il suo sorriso rimane fisso al suo posto.

A me sembra un sì.

Metto da parte il laptop, mi alzo e mi stiracchio prima di scendere in cucina, dove un paio di servitori stanno pulendo dopo il brunch. «Salve Eileen. Ha ancora quegli stampini per biscotti a forma di note musicali?» Eileen, una donna di mezz'età, con i capelli castani tagliati a caschetto mi sorride. «Certo, miss Chloe. Ne vorrebbe un po' come dessert di Natale? Posso prepararne subito un po'.»

«Andrebbe bene se li preparassi io?» È una cosa che ho già fatto in passato, quando venivo a trovare Sara, quindi non è una richiesta insolita.

Lei mi fa segno di entrare. «Certo. Solo, deve finire prima delle tre perché è l'ora in cui arriva lo chef per cominciare le preparazioni per la cena.»

La ringrazio e mi metto al lavoro. Potrei fare i biscotti glassati a occhi chiusi. Saranno un'offerta di pace per Michael, che è portato per la musica.

Una volta finito, prendo in prestito una delle vecchie Renault che i servitori usano per girare nell'isola e mi dirigo al cottage di Michael. La sua auto non è nel vialetto. Gli mando un messaggio per chiedergli dov'è ma non mi risponde. Chiamo e c'è la segreteria. Non so se ha bloccato il mio numero o se ha spento il telefono. Il sole sta per calare, quindi devo muovermi in fretta prima di perdere la luce.

Decisa a completare l'opera, prendo il grosso contenitore di plastica pieno di biscotti da dove l'ho incastrato con attenzione sul pavimento davanti al sedile del passeggero e vado verso la stanza della musica sul lato del cottage. Lui ci va ogni giorno e per caso so che la finestra non chiude bene. Il gancio è rotto e Michael non si è mai deciso a metterne uno nuovo. Muovo il telaio di metallo e lo spingo in alto finché si può, che non è molto. Sono piccola e mi serve qualcosa per poterlo rialzare fino in alto. Avevo in programma di appoggiare i biscotti sulla libreria sotto la finestra, ma il contenitore non passerebbe dall'apertura.

Penso un attimo a come riuscire nel mio intento. *Ecco!* Vado sul davanti della casa, appoggio il contenitore dei biscotti e afferro il vaso di terracotta con il pino in miniatura che Michael ha messo lì per Natale. Tiro il vaso e lo metto sotto la finestra. C'è appena spazio per i miei piedi intorno all'alberello. Torno a prendere i biscotti. Okay, ce la posso fare. Tengo il contenitore dei biscotti in una mano, uso l'altra per tenermi in equilibrio sul davanzale e metto i piedi sulla terra nel vaso. Whoa. Affondano fino alla caviglia. Le mie povere Keds adesso sono marroni. Michael deve aver appena innaffiato il vaso.

Okay, posso ancora farlo funzionare. Sono un po' più in alto. Alzo un po' di più la finestra e faccio passare attentamente il contenitore attraverso l'apertura fino a metterlo sopra la libreria. Poi prendo il foglio con il discorso che mi ero preparata dalla tasca davanti dei jeans e lo metto sotto il contenitore. Ho preparato il discorso mentre cuocevano i biscotti e l'ho scritto per assicurarmi di dire proprio le parole giuste. Sono lieta di averlo fatto perché adesso è una perfetta nota amichevole.

Sto per scendere dal vaso quando mi assale un attacco di nervi, che mi blocca mentre fisso quel biglietto. Lo riprendo, tolgo il telefono dalla tasca posteriore dei jeans e accendo la torcia per leggerlo, ignorando l'umidità della terra nel vaso che penetra nei calzini. La nota è breve e diretta: *Non ho mai avuto intenzione di ferirti. Spero che possiamo restare amici.*

Mi chiedo se devo trovare una penna per aggiungere il mio nome in fondo. Forse c'è una penna nel cassettino dell'auto. Non ero tornata nella mia stanza a prendere la borsa perché non pensavo di averne bisogno. Do un'occhiata all'auto, giusto in tempo per vederla scendere lungo la collina. *Merda!* Rimetto il biglietto e il telefono nelle tasche e scendo dal vaso. Uno dei miei piedi finisce dietro il vaso e tutta quella maledetta cosa si rovescia, buttandomi a terra. *Oof.*

Okay, niente di rotto. Balzo in piedi e rincorro l'auto.

«Aspetta! Stop!» *Che cosa sto dicendo?* Non c'è nessuno alla guida.

Corro, agitando freneticamente le mani e chiedendo all'auto di fermarsi. Come se avessi il magico potere di invertire la gravità. Devo aver dimenticato di inserire il freno a mano. Non sono abituata a guidare, vivendo in città.

Per favore non colpire un altro cottage.

La strada curva a sinistra, ma l'auto no. Continua ad andare, diretta alla scogliera. *Oh no. No, no, no.* Mi porto le mani alla bocca e guardo inorridita. *Torna indietro! Indietro!*

L'auto si ferma di colpo a metà strada verso la scogliera, impigliata negli arbusti nativi. Lascio andare il fiato, sollevata e mi avvicino. Almeno non ci sono persone o cottage in pericolo. Sotto c'è solo la spiaggia.

Controllo da tutte le angolazioni, cercando di decidere se c'è un modo sicuro per tirare indietro o far andare avanti l'auto. No. È necessario rimorchiarla. Sospiro, con le spalle che si afflosciano.

Mi volto e risalgo la collina verso il cottage. Almeno potrò lasciare il biglietto.

Raddrizzo il vaso e poi devo usare le mani per rimettere a posto il terriccio e compattarlo a sufficienza per avere una superficie abbastanza dura per arrampicarmi di nuovo. *Okay, ancora una volta con sentimento.* Mi pulisco le mani sui jeans, mi tiro nuovamente sul davanzale e infilo nuovamente il biglietto sotto il contenitore dei biscotti.

Ingoio il groppo che ho in gola, chiudo la finestra, scendo attentamente dal vaso e lo tiro nuovamente sul portico anteriore.

Do un'ultima occhiata al cottage, una volta la mia oasi calda e felice, e mi volto. Il palazzo è in cima a una lunga strada serpeggiante. Prendo in considerazione di chiamare per avere un passaggio ma non voglio che la faccenda venga riferita a Sara. Si agiterebbe e poi mi rimprovererebbe. *È dura quanto tua sorella ed è anche una mamma per te.*

Cammino lentamente verso il palazzo, con i piedi che fanno ciac-ciac a ogni passo. E poi comincia a scendere una pioggia gelata che mi bersaglia il viso.

Quando arrivo alla corte del palazzo, davanti all'ingresso, ho i piedi insensibili, i polpacci urlano di dolore per la salita ripida e mi fa male la faccia. Mi tolgo le scarpe e le calze fangose prima di entrare nell'atrio, dove un servitore, un uomo anziano di nome Pierre, appare immediatamente per aiutarmi. Gli spiego dell'auto e lui mi assicura che se ne occuperanno immediatamente. Niente domande, grazie al cielo. Poi prende il mio cappello e la mia giacca bagnati, le scarpe e le calze per farli lavare, fermandosi per parlare dell'auto con una guardia.

Accidenti, sembra che la cosa arriverà alle orecchie di Michael prima di quanto mi aspettassi. Le altre guardie sono come fratelli per lui. Ripensandoci, risalire la collina nella pioggia gelida non è stata la mia mossa migliore – avrei dovuto chiamare e farmi mandare un'auto – ma sono abbastanza emotiva da non pensare razionalmente.

Pierre si ferma e si volta verso di me. «Vuole che una cameriera l'aiuti a tornare nella sua stanza, miss Chloe?»

«No, grazie.»

Lui china la testa e se ne va. È abbastanza gentile da non dire una parola sul mio aspetto. Devo sembrare un cane randagio ed è come mi sento.

Sono a metà delle scale quando sento Henry che piange di sotto. Sara probabilmente sta tornando nella sua stanza. Non posso lasciare che mi veda così. Sono troppo esausta per affrontare altri drammi oggi.

Corro di sopra, con i polpacci che protestano per il movimento. Il suono di Henry che si agita diventa sempre più vicino. Non ce la farò mai ad arrivare alla mia stanza alla fine del lungo corridoio prima che mi veda. Provo la prima porta sulla mia destra. Chiusa. La seconda. *Sì!*

Mi precipito dentro, chiudo silenziosamente la porta alle mie spalle e mi volto, restando a bocca aperta per la sorpresa. C'è un Rourke mezzo svestito. Gli uomini della famiglia Rourke sono fatti tutti con lo stesso stampino. Chi lascia aperta la porta quando si sta vestendo?

I miei occhi vanno dal torace ampio alla bella faccia con gli scintillanti occhi azzurri, zigomi alti e barba corta e curata. Non è solo un Rourke. È quello che ho visto dall'altra parte del salone da ballo, attirata dal suo sorriso. È un tipo che sembra promettere divertimento, il mio esatto opposto, e mi sarebbe piaciuto vedere com'era. Avevo ragione. Quando avevo chiesto di lui a Sara, mi aveva detto che era conosciuto per il suo amore per le feste. A me non piacciono nemmeno.

Che cos'hanno di speciale? Ho perso l'occasione di incontrarlo dopo il ballo dopo il mio maldestro tentativo di scusarmi con Michael quella sera (era in servizio e mi ha liquidato in fretta) e adesso eccolo qui. Mezzo nudo.

Ha ancora le dita sul bottone centrale di una camicia bianca aperta, con gli addominali ben in vista. Non sto guardando i suoi boxer di maglia blu scuro. Sento il calore salirmi alle guance, ho la bocca asciutta. Ho sbirciato.

La sua voce profonda rivela il buonumore. «Uh, salve. Tutto bene lì?»

2

Brendan

Chloe, la bella rossa che era scomparsa dal ballo prima che potessi chiederle di ballare con me, si è appena precipitata nella mia stanza. *Buon Natale a me!* Ho chiesto di Chloe alla regina – la fonte di informazioni sulla famiglia – dopo averla vista al ballo qualche giorno prima. Volevo essere sicuro di non essere imparentati perché ho avuto un attacco di libidine al primo sguardo. A queste funzioni reali non si sa mai chi è di famiglia. Non l'avevo più vista finché non si è precipitata nella mia stanza.

Lei incrocia le braccia, abbracciandosi, e trema. Mi sento invadere da un istinto di protezione che non ho mai provato prima. Mi avvicino e poi mi ricordo che non indosso i pantaloni.

Alzo un dito. «Solo un minuto. Lasciami vestire e ti aiuterò.» Prendo i pantaloni eleganti blu scuro dove li avevo lasciati sul letto e me li infilo. «Sono Brendan.»

Lei annuisce. «Scu-scusa. Non intendevo disturbarti.» Le battono i denti. «Sono C-Chloe.»

Prendo la giacca di pelle dall'armadio e gliel'avvolgo intorno alle spalle. È così piccola che su di lei sembra un abito lungo. «Che cos'è successo? Hai avuto un incidente?» I capelli rossi le pendono in ciocche fradicie e crespe intorno alle spalle, il cardigan e la canottiera rosa sono bagnate intorno al collo, i jeans sono completamente zuppi e sporchi di fango e macchie d'erba ed è a piedi nudi.

Rabbrividisce di nuovo e si stringe addosso la giacca. «È una lunga storia. Possiamo solo dire che sono stata sorpresa dalla pioggia gelida?» Ha la voce acuta e sottile.

Un allarme primitivo mi risuona nel cervello. *Donna in difficoltà. Serve soccorso.*

«Certo, okay» dico con la voce tranquilla. Penso al modo migliore per scaldarla in fretta quando lei si irrigidisce, ascoltando attentamente le voci in corridoio. Si mette un dito sulle labbra, chiedendomi di restare in silenzio. Sento un bambino piangere e quelli che probabilmente sono i genitori del bambino che parlano, ma non riesco a capire che cosa stanno dicendo. Ci sono un paio di neonati e una bambinetta (che riesce a ululare come un neonato quando vuole) qui a palazzo.

Quando sono passati, Chloe si rilassa. «Mia sorella e la sua famiglia. Passa sempre dalla mia stanza andando nella sua.»

«E non vuoi vederla?»

«Non voglio che mi veda così.» Ha la voce soffocata e mi sento stringere il petto. Le è successo qualcosa e tutto ciò che voglio è migliorare le cose. «Oggi proprio non posso affrontare altri drammi, sai?»

«Sì.»

«È la mia sorella maggiore, ma mi ha cresciuto lei, quindi è come se fosse mia madre. Ne farà una tragedia.»

Che cos'è successo ai suoi genitori?

Chloe si toglie la mia giacca e me la restituisce. «Grazie. Vado a cambiarmi. La mia stanza è alla fine del corridoio.»

«Sicura che non ti serva aiuto?»

«Sto bene.» Apre la porta, sbircia all'esterno e la richiude in fretta. «Sta bussando alla mia porta.»

«Vuoi che le dica che sei andata da qualche altra parte?»

Chloe prende il telefono dalla tasca posteriore dei jeans.

«Le manderò un messaggio dicendole che sto studiando in biblioteca.» Fissa a lungo il telefono, come se stesse leggendo un messaggio, si morde il labbro e scrive rapidamente.

La sua espressione diventa cupa, i denti riprendono a battere. Le rimetto la giacca sulle spalle e riesco a dare un'occhiata al messaggio da sopra la sua spalla. *Ho bisogno di non vederti per un po'. Okay?*

Mi allontano. Non mi sembra qualcosa che direbbe una sorella maggiore. Sembra più un uomo che stia chiudendo con lei.

Dopo un momento, Chloe sospira e alza la testa. «Tutto a posto.» E poi resta lì, stringendosi addosso la mia giacca, con un'espressione sperduta.

«Vai a fare una doccia calda nel mio bagno. Altrimenti prenderai un raffreddore.» Vado alla mia cassettiera e prendo una maglia di cotone con le maniche lunghe e pantaloni da jogging. Le faccio segno di seguirmi. «Vieni. Ho un cambio d'abiti asciutto per te.»

Apro l'acqua, sperando che mi segua. Non credo proprio che dovrebbe aspettare ancora prima di scaldarsi. Inoltre, voglio parlare con lei per assicurarmi che vada tutto bene e capire se c'è qualcosa che posso fare per aiutarla.

«Grazie» risponde lei sommessamente, entrando in bagno. Si è tolta la mia giacca e sembra così piccola e vulnerabile, fradicia com'è, tremante, con l'espressione tesa. Vorrei prenderla tra le braccia ed escludere il mondo in modo che niente possa farla preoccupare di nuovo. Normalmente non sono così eroico ma c'è qualcosa in lei che fa emergere il cavaliere dalla scintillante armatura che c'è in me.

«Vado» dico, rendendomi conto che le sto impedendo di fare la doccia.

Mentre la sta facendo, finisco di vestirmi. La cena di Natale è nella sala da pranzo formale e significa che bisogna indossare un completo e la camicia. Mi rifiuto di mettermi una cravatta. Le cravatte e io non andiamo d'accordo. Mi sembra sempre di essere a un passo dall'avere un cappio al collo.

Mi siedo sul divano grigio nel salotto della mia suite,

appoggio i piedi sul tavolino e prendo il telefono. Dopo un po', sento l'asciugacapelli – questo posto è completamente attrezzato per gli ospiti – e mi rendo conto che è quasi pronta. Cerco di pensare a come spingerla a parlare. Mi viene in mente, in ritardo, che potrebbe avere dei tagli che richiedono attenzione. Sembra che sia caduta. Che sia stata investita da un'auto, una motocicletta, una bicicletta. Sono livelli di ferite completamente diversi. E che cos'è successo alle sue scarpe?

Sento la porta del bagno che si apre e qualche momento dopo appare di fronte a me. Annega nei miei vestiti, anche con le maniche e i pantaloni arrotolati. È comica ma anche maledettamente carina.

Allarga le braccia e sorride. Il mio cuore manca un battito. È bella quando sorride. Le illumina tutto il viso. «So che sembro ridicola, ma mi sento molto meglio, grazie.»

«Nessun problema. Vuoi dirmi che cos'è successo? Sei ferita da qualche parte?»

Il suo sorriso si spegne. «Sopravvivrò.»

Indico il divano. «Siediti.»

«Dovrei andare.»

Mi alzo. «Sei sicura di star bene?»

Lei alza le mani e le maniche lunghe pendono sotto le sue braccia come ali d'angelo. Sembra anche un angelo. I capelli rossi ricadono in morbide onde sulle spalle, gli occhi verdi brillano d'intelligenza, i lineamenti sono dolci, zigomi delicati, naso sottile, un arco di cupido sul labbro superiore. Sento una fitta di desiderio. *Non adesso.* Devo sapere se sta bene. «Chloe?»

Lei stringe forte le labbra. «La verità?»

«Assolutamente!»

Le tremano le labbra. «Mi sono trovata per caso in una relazione con un amico.»

«Detesto quando succede.» Ho un po' di esperienza in quel campo. Le donne si innamorano sempre di me quando dico loro che non cerco niente di serio. È come una sfida, o roba simile.

«Già» dice piano. «Non vuole più vedermi, anche se ho cercato di fare ammenda. Gli ho fatto i biscotti glassati. È stupido.» Distoglie gli occhi, stringendo le labbra. Mi viene la tentazione di abbracciarla e, una volta che lei starà bene, voglio prendere a pugni il tizio che l'ha ferita. Gli ha preparato i biscotti, accidenti. Cavolo, avrebbe almeno dovuto mostrare un minimo di apprezzamento. Nessuna donna ha mai fatto dei dolci per me. Ci vuole impegno. Stringo i denti.

Lei continua. «Ho scoperto che non siamo mai stati veramente amici.» Sbatte in fretta le palpebre, incrocia le braccia e fissa il mio torace. «È veramente difficile perché questa è la mia casa quando non sono al college e lui era il mio solo amico qui.»

E poi mi escono le parole che non avrei mai pensato di dire a una donna da cui sono attratto: «Sarò io il tuo amico mentre sei qui». *Che cosa sto facendo? Mi sto friendzonando da solo!*

Le sue sopracciglia si arcuano sopra i grandi occhi verdi. «Ah, grazie. Sei qui spesso?»

«Sono uno dei Rourke di Brooklyn.» *La gentaglia.* È così che ci definiscono alcuni della generazione più vecchia dato che mio padre aveva abdicato al trono per sposare mia madre, una borghese, ed era stato esiliato. «Recentemente ci siamo riappacificati con i Rourke di Villroy, quindi pare che sarò qui per le feste e la roba di famiglia.»

«Mia sorella ha sposato Adrian Rourke.»

Lo so. Me l'ha rivelato la regina. «Ottimo. È mio cugino.»

E poi è come una botta in testa. Dimenticate la libidine al primo sguardo. Con i nostri legami di famiglia, non se ne parla di sesso casuale. Troppe le potenziali conseguenze e i futuri incontri imbarazzanti. *Maledizione.* Ho imparato a essere cauto quando si tratta di donne, assicurandomi che non si aspettino niente più di una cosa informale da me. Ovviamente non funzionerebbe con qualcuno legato alla mia famiglia. Mai mischiare la famiglia con le avventurette. O qualcosa di simile.

Un mio passo falso coinvolgerebbe immediatamente tutta la rete familiare. E anche se i Rourke di Villroy e quelli di Brooklyn hanno ripreso i contatti, è ancora una cosa nuova. Non si possono cancellare decenni di esilio con poche visite. E non sarò certamente io il motivo per cui mio padre perderà il suo regno per la seconda volta. Essere il benvenuto nella sua terra ancestrale significa moltissimo per lui.

Immagino che la mossa della friendzone sia stata intelligente. Ah, diavolo.

Lei agita le dita. «Ciao. Ti farò riavere i vestiti quando saranno lavati.»

«Non è necessario che lo faccia.»

«Non lo farò io, ci penserà un domestico.» Arriccia il naso. «Non è strano avere dei servitori?»

«Non mi dispiacerebbe uno chef a tempo pieno a casa.»

«Giusto!» Chloe sorride e le sorrido anch'io e i nostri sguardi si incrociano per un momento carico di tensione prima che lei distolga gli occhi. L'attrazione decisamente non è a senso unico. «Prendo i vestiti dal bagno. Li avvolgerò in un asciugamano per minimizzare il disastro.»

«Te li prendo io.»

«No, ci penso io.»

Si volta e si allontana. I miei pantaloni da jogging le scivolano sui fianchi e lei li afferra con una mano. La mia maglia scende oltre il sedere, quindi non ho potuto sbirciare niente di interessante. No, meglio non pensarci. Distolgo lo sguardo, dicendomi che è meglio così. Chloe è un'amica. Un'amica donna. Ehi, c'è sempre una prima volta.

Sono seduto nella sala da pranzo formale per la cena di Natale e non posso fare a meno di notare che Chloe non c'è. Spero stia bene. Stiamo bevendo champagne come aperitivo. Re Gabriel è seduto a capotavola con sua moglie, la regina Anna, da un lato e sua madre, l'ex regina, dall'altro. Qui sono piuttosto tradizionalisti anche se, da quanto ho potuto vedere, il re e la regina governano come pari. La loro bambina di due anni, Mila, è seduta in grembo a suo padre e gli parla in tono eccitato. Qualcosa che riguarda il suo giardino segreto delle fate.

Mi sono seduto di proposito in fondo al tavolo, dove ci

sono ancora sedie vuote, sperando che Chloe si sedesse accanto a me. Do un'occhiata a dov'è seduta sua sorella, Sara, con Adrian e il loro bambino, Henry. Faccio una faccia buffa a Henry quando mi nota, spalancando gli occhi e mostrandogli la lingua. Lui mi fissa senza sbattere le palpebre, con gli occhi grandi come piattini, prima di distrarsi quando Adrian lo passa a Sara. Chloe non si perderà la cena di Natale, vero?

Natale è una festa importante per la mia famiglia. È l'unica volta in cui tutti smettono di lavorare e possono stare insieme per passare del tempo insieme. Anche se vedo costantemente i miei cinque fratelli al lavoro, dato che siamo tutti co-proprietari della Byrne Construction (la ditta di mio zio prima che andasse in pensione) e della nuova società che abbiamo fondato, la Rourke Management, che si occupa di sviluppo immobiliare. Il mio lavoro è cercare nuove proprietà pronte per lo sviluppo a Brooklyn. Finora sono riuscito a trovare una scuola elementare chiusa che abbiamo convertito con successo in spazi commerciali e il nostro attuale progetto, una vecchia fabbrica di funi marittime sul litorale che stiamo convertendo in loft da affittare ad artisti e designer. Sono alla continua ricerca del prossimo progetto. Ho messo gli occhi su dei magazzini fronte mare da convertire in spazi residenziali.

«Santa Klaus ti ha portato tutto quello che speravi?» mi chiede Beast, il minore dei miei fratelli, interrompendo i miei pensieri. Lo chiamiamo Beast per via del suo corpo fin troppo muscoloso. Solleva pesi molto più del necessario. Il suo bilanciere e i manubri occupano metà della sua stanza nel nostro appartamento. A che cosa sta puntando? A diventare Hulk?

Mi chino verso di lui, tenendo la voce bassa. «Sai, forse sì. Ho incontrato la rossa carina del ballo.» *Non che abbia intenzione di fare qualcosa.*

Lui sbuffa. «Tutte le donne possono essere focose: rosse, bionde, brune.» Ho sempre detto che mi piacciono le rosse perché sono più focose. Anche se devo ammettere che Chloe sembra più riflessiva che focosa.

Faccio spallucce. «Che ti devo dire? Ho un tipo.»

«A me piacciono tutte.» Sorride, con i suoi occhi acquamarina che scintillano divertiti. È l'unico di noi ad avere ereditato gli occhi verde-azzurro di nostro padre, che richiamano il colore del mare qui. Teoricamente, il marchio dei veri governanti di Villroy. Non che il figlio minore di una famiglia in esilio possa mai diventare re. Penso che Garrett sarebbe... vediamo... dodicesimo in linea di successione. Dopo re Gabriel ci sono i miei cugini, quattro principi e due principesse, poi c'è la nostra famiglia con cinque fratelli prima di Garrett. O, aspettate, forse la bambina di re Gabriel ha un posto da qualche parte. Garrett potrebbe essere il tredicesimo... fortunato lui.

Ridacchio. «Amale tutte, divertiti. Mi sembra giusto per un ventiquattrenne.»

Lui scuote la testa, sorridendo. «Semplicemente non ho ancora incontrato *lei*, sai. È là fuori, da qualche parte.»

Reprimo una risata. Sotto il suo aspetto esteriore da duro, è un tale romanticone. *Lei*. Come se ci fosse una sola donna per ciascuno. Stronzate. Dovrebbe godersi questo momento della sua vita in cui le donne della sua età non stanno ancora cercando qualcuno che si impegni. Le donne che incontro io, più vicine alla mia età (ventisei) sono già su quella lunghezza d'onda. Okay, c'è un motivo specifico per la mia nuova cautela: Mallory. Un paio di mesi fa, dopo tre mesi che ci vedevano per far sesso il sabato sera, mi dice: «Dove ci sta portando questa storia, Brendan? Ho il diritto di saperlo». Non avrei dovuto passare lì la notte. Le ha dato l'idea sbagliata. Le avevo detto fin dall'inizio che non cercavo una storia seria. La cosa peggiore è che ha pianto quando ho detto stop. Pianto e urlato. E poi mi ha tirato in testa una scarpa con il tacco a spillo. Mi sono scansato appena in tempo. Non mentirò, mi sono sentito una merda, veramente. Non voglio che una donna pianga per me. Ed è il motivo per cui adesso sono molto più cauto.

Non fraintendetemi. Impegnarsi va bene per alcuni. Come i miei fratelli maggiori, Dylan per esempio, sposato con un bambino in arrivo tra un paio di settimane; Sean, che si sposerà il giorno di San Valentino (lo so, roba da vomito); il matrimonio di Jack è a giugno e Connor si è appena fidan-

zato, anche se non hanno ancora fissato la data del matrimonio. Per non parlare dei miei genitori.

Do loro un'occhiata proprio nel momento in cui mio padre
fa cin-cin con il bicchiere di champagne di mia madre. Si
sorridono, guardandosi negli occhi. Lui ha rinunciato a tutto
per sposarla, una borghese di Brooklyn, New York. È stato
difficile per lui essere esiliato, senza un soldo. Nessuna inden-
nità, nemmeno un cuscinetto per permettergli di ricominciare.
Tutto perché potesse stare con "la donna migliore al mondo".
Frase che ha ripetuto parecchie volte. Quindi so che per *alcuni*
la faccenda dell'amore e dell'impegno funziona. E forse, un
giorno, quando sarò troppo vecchio per rimorchiare, sui
quarant'anni, credo, mi sistemerò. Ma non adesso.

Alzo gli occhi quando si apre la porta della sala da pranzo,
lieto all'idea di vederla entrare. No, non è lei, solo un servitore nell'uniforme di camicia bianca button-down e pantaloni
neri. Il tizio si avvicina al re e alla regina e sussurra loro qualcosa. Poi si ferma a parlare con la sorella di Chloe, che si alza,
mormorando qualcosa a suo marito ed esce con il bambino in
braccio. *C'è qualcosa che non va con Chloe?* Forse sta peggio di
quanto pensassi. Sembrava stesse bene quando è uscita dalla
mia stanza. Avrei dovuto assicurarmene.

Sto morendo di curiosità, ma so che non tocca a me inter-
venire. Ci sta pensando Sara. Portano un altro giro di champagne e la conversazione diventa più rumorosa. Mio padre
cammina intorno al tavolo con Mila in braccio, chiacchierando con tutti. Sta cercando di intrattenerla mentre aspettiamo che portino in tavola. Di solito ci vuole un po' per finire
una cena formale con tutte le portate, e penso che la regina
desideri aspettare che arrivino tutti prima di cominciare.

Un momento dopo, una voce dolce dice: «Mi dispiace di
essere in ritardo».

È lei. Sento l'adrenalina scorrere nelle vene, i nervi sono
scoperti. Le guance rosate risaltano contro il pallore della
pelle e i capelli rossi. Stringe al petto il nipotino. Sento un
tuffo al cuore davanti a quell'immagine. Sembra così naturale
e amorevole con un bambino in braccio. Come un bellissimo
angelo.

L'ironia è che i miei genitori mi chiamavano diavoletto perché da bambino ero dispettoso. Mi è sempre piaciuto divertirmi. L'angelo e il diavolo. Ah! Non è una cosa destinata a durare a lungo, ma ne varrebbe decisamente la pena per qualche rotolata tra le lenzuola. Potrei fare qualcosa, se solo non fosse collegata al clan dei Rourke.

Perché diavolo mi sono offerto di essere suo amico? È troppo da chiedere a qualsiasi uomo dal sangue caldo.

Colgo il suo sguardo. «Buon Natale, Chloe.»

Lei sorride con calore. «Anche a te.» Ridà il nipote a sua sorella e si siede davanti a me, dispiegando il tovagliolo, un po' imbarazzata. Indossa un cardigan bianco sopra un vestito rosso che aderisce alle sue curve snelle. Sento un brivido d'eccitazione. Non c'è niente di palesemente sexy, il vestito la copre fino al collo, ma riesco a vedere le sue clavicole, la fossetta in mezzo così femminile e tentatrice, da baciare ad assaggiare. *Whoa, whoa, frena!*

Sbatto le palpebre e mi volto, rendendomi conto che la stavo fissando. Probabilmente con un'espressione famelica sul volto. Di solito sono più discreto.

Do un'occhiata a Beast, che sogghigna. Beccato. Devo sforzarmi di far finta di niente.

Qualche minuto dopo, arriva la prima portata: ostriche e caviale. Le ostriche non sono un afrodisiaco? Non che ne abbia bisogno, nel mio stato attuale. Non riesco a smettere di sbirciare Chloe. Lei parla sottovoce, per la maggior parte del tempo con Sara o Adrian. I suoi movimenti sono aggraziati, la voce dolce. È timida? Non mi era sembrato. Decisamente non è agitata. Nemmeno felice, esattamente. Indifferente direi. Seria.

Circolano un paio di servitori, che le offrono del vino, che rifiuta. Lo rifiuto anch'io, sono più per la birra.

Mi concentro sul mio cibo. Mangiamo sempre bene qui, tantissimo pesce, dato che Villroy è un'isola e la loro industria della pesca ha sostenuto la loro economia per secoli. Più di recente, quell'industria è stata usata per i cosmetici di alta gamma che usano nel loro centro benessere. Hanno anche un casinò, che intendiamo visitare domani prima di tornare a casa la mattina seguente sul jet reale. Finalmente, essere un principe sta pagando. Mi piace lasciar cadere un accenno quando rimorchio una donna. All'inizio non mi credono mai, ma *desiderano* sempre credermi. Ora lo posso dimostrare mostrando loro la mia fotografia al matrimonio del maggiore dei miei fratelli, Dylan, a Villroy. Le donne impazziscono di eccitazione quando le vedono e mi chiedono inevitabilmente di visitare il palazzo.

La colgo che mi guarda. Abbassa lentamente le ciglia e torna a rivolgersi a sua sorella. Mi stava fissando. Raddrizzo le spalle, gonfiando il petto. Ma poi ricordo quant'era vulnerabile poco prima. Devo essere il suo eroico protettore e amico. Se non è eroico reprimere i miei istinti naturali, allora non so che cosa lo è. Qualcuno mi dovrebbe dare una medaglia.

Le portate arrivano una dopo l'altra: aragosta, oca ripiena, purè di patate (anche con l'aragosta), cavolini di Bruxelles e un tipo di verdura che non riconosco. Mi unisco alla conversazione, scherzando con i miei fratelli e occasionalmente abbassando la voce quando mio padre mi dà un'occhiataccia per rammentarmi le buone maniere. A volte alzo un po' troppo la voce. Mio padre è fissato sulle buone maniere per via della sua educazione regale. E perfino in mezzo a tutte quelle chiacchiere, la mia attenzione ritorna continuamente a Chloe. Tutte le volte in cui la colgo a guardarmi lei distoglie lo sguardo. So che mi sta adocchiando anche lei. Lo sento. Dopo un delizioso dessert, che chiamano *Buche de Noel*, tronchetto di Natale, ci invitano in salotto per un brandy accanto al camino. Mi piace il salotto, è la stanza più confortevole nel palazzo, con i suoi divani di pelle e le poltrone accoglienti, ma prima ho bisogno di sapere se ci sarà anche Chloe. Voglio veramente controllare come sta.

Lei si precipita fuori dalla sala da pranzo prima di chiunque altro e io la seguo.

«Ehi, Chloe, stai andando in salotto per un drink?»

Lei si volta e scuote la testa. «Io non bevo.»

«Perché no?»

«Non ho ancora ventun anni.»

Non ho detto che sembrava un angelo? Ho sentito dire che bere è veramente popolare tra gli studenti del college.

Mi avvicino e le sorrido. «Siamo a Villroy. L'età legale per bere, qui, è diciotto anni.»

Lei arriccia l'adorabile nasino. «No, grazie.»

«Beh, non sei obbligata a bere. Staranno semplicemente tutti in compagnia. Vieni, sarà divertente.»

Mi studia con i suoi occhi verdi. «Ci stai provando con me?»

Gente, faccio veramente schifo con questa faccenda dell'amico.

Sento il calore che sale lungo il collo. «No. Perché? Perché lo pensi?» Indico in fondo al corridoio. «Mi stavo solo chiedendo se ci avresti raggiunto.»

Lei continua a guardarmi attentamente per un lungo momento. Ho protestato troppo?

«Okay» dice. «Adesso torno in camera mia.»

«Perché?»

«Per leggere riviste di medicina.»

Spalanco gli occhi per la sorpresa. Pensavo frequentasse il college. Sta già leggendo riviste di medicina. Non è ciò che fanno i medici?

La fisso. «Hai intenzione di diventare un medico?»

Lei annuisce. «Ho intenzione di diventare una ricercatrice e trovare una cura per il cancro.»

La guardo per un attimo a bocca aperta. Non riesco a farne a meno. Non è perché è una causa così nobile. È il modo in cui lo dice, semplicemente, come se fosse un dato di fatto. «Wow, okay.»

Lei alza la testa. «È un lavoro importante.»

«Non ho dubbi.» M'infilo le mani in tasca. «Ma non hai mai sentito il detto che troppo lavoro e nessun divertimento rende il cervello ottuso?»

Lei mi dà un'occhiataccia. «Mi hai appena chiamato ottusa?»

Le sorrido. «Non tu, il tuo cervello. Devi prenderti del tempo per te per renderlo acuto.»

Altri familiari arrivano nel corridoio. Chiacchierando e

ridendo. Mi guardo alle spalle e poi mi rivolgo nuovamente a lei. «Potremmo fare qualcosa di diverso in salotto, a parte bere. Qualcosa di divertente.» Voglio passare del tempo con lei, che porti o meno a qualcosa di più. È così diversa dalle donne che incontro di solito. E voglio sentire la sua storia, che cos'è successo veramente oggi che l'ha fatta arrivare nella mia stanza con l'aspetto di qualcuno lanciato da un veicolo in corsa.

«Qualcosa di divertente» ripete, aggrottando le sopracciglia come se avesse bisogno di riflettere per trovare un modo per divertirsi.

Appare sua sorella con Henry appoggiato alla spalla. «Salve, Brendan.» L'avevo conosciuta al suo matrimonio con mio cugino, anche se, non so come, allora non mi ero accorta di Chloe. Probabilmente perché quel matrimonio era la prima volta da decenni che la nostra famiglia si faceva viva a Villroy da quando mio padre era stato esiliato. Momenti molto tesi.

«Ehi, Sara. Sembra che il piccoletto sia crollato presto.» Henry dorme con la bocca aperta.

«Ohh» dice Chloe, accarezzandogli la guancia e poi baciandola. Sento qualcosa che si sposta nelle vicinanze del mio cuore.

Sara sorride al bambino e poi diventa seria quando alza gli occhi su Chloe. «Vado a metterlo a letto. E lo seguo. Devo ancora alzarmi almeno tre volte la notte per lui. Volevo solo vedere come stavi. Tutto bene?» Sembra molto materna e preoccupata.

Chloe mi lancia un'occhiata, sembra imbarazzata. «Sto bene.» Ha la voce tesa.

Sara insiste. «Ne sei sicura? Potresti venire in camera mia per studiare un po'.»

Chloe scuote la testa. «No, tu hai bisogno di dormire. Io sto bene.»

«Davvero?» chiede Sara.

Chloe espira bruscamente. «Stavo per fare qualcosa con Brendan.»

Sara ci guarda incuriosita per un momento prima di fare

un passo indietro. «Okay allora. Ci vediamo domani mattina. Buonanotte.» E continua a camminare lungo il corridoio.

Chloe fissa il pavimento di marmo, con le sopracciglia aggrottate. Non c'è niente che possa irritarti più di una sorella maggiore/mamma.

Io chino la testa per guardarla negli occhi e sorrido. «Sono tutto tuo, bambola.»

3

Chloe

È così imbarazzante il modo in cui Sara mi controlla continuamente. Sto bene. E abbiamo già avuto una lunga conversazione in cui gliel'ho detto. Sono grata per ciò che ha fatto per me, ma sono abbastanza adulta da avere bisogno di lei più come sorella che come madre.

Incontro lo sguardo di Brendan. Le sue sopracciglia si arcuano sopra i brillanti occhi azzurri, un azzurro così sorprendente che è difficile distogliere lo sguardo. Ha un'espressione speranzosa. Smetto di guardare quegli occhi ipnotici, ma non riesco a smettere di guardarlo. I suoi capelli castano scuro sono più lunghi in cima e disordinati, probabilmente morbidi al tatto. I capelli, insieme alla barba corta curata e quel sorriso diabolico, gli danno un aspetto canagliesco. Termine che ho imparato dai romance storici della cognata di mia sorella. Ne ho letto uno solo per capire i motivi dei premi che ha ricevuto e del suo status di bestseller. E scommetto che Brendan è una canaglia, sempre alla ricerca di una nuova conquista.

Prima che le cose procedano oltre, lo informo: «Non sto cercando un rapporto casuale. Tanto per essere chiari».

Lui cerca di non sorridere. «Sarebbe come baciare mia cugina. Sbagliatissimo.»

Mi irrigidisco. Avrei giurato che mi stesse occhieggiando durante la cena. Distolgo gli occhi, con le guance in fiamme. Mi sento una completa stupida per aver pensato di piacergli. Probabilmente mi guardava a cena perché *io* continuavo a fissarlo. Non è che lo volessi. È solo che, beh, qualunque donna con un cuore che batta noterebbe quanto è sexy e stupendo, ancora più degli altri Rourke perché i suoi occhi scintillano e sembra sempre pronto a sorridere. Sembra sempre promettere che con lui passerai dei bei momenti. Il mio rossore si espande al collo a quel pensiero. Niente da fare.

Lui si china verso il mio orecchio con il fiato che mi accarezza la pelle facendomi rabbrividire: «Diventiamo amici». Solo che suona come: *Facciamo sesso.*

Ma è solo il mio cervello che mi sta facendo brutti scherzi. Le parole sono così in contrasto con la reazione del mio corpo che mi fanno andare fuori fase.

Brendan si tira indietro, con un sorrisetto sulla faccia e un'espressione furbetta. «Oppure potresti sempre passare il tempo con tua sorella. Sembra piuttosto preoccupata per te.»

Ecco! Non ho bisogno che mia sorella mi stia addosso, per assicurarsi che io stia bene. E, solo per dimostrarlo, non tornerò immediatamente nella mia stanza a studiare. Farò esattamente ciò che ho detto che avrei fatto. Passare del tempo con questo tizio, che mi vede come un'amica platonica. O una cugina. Giusto. Perfetto. Sarà. Divertente.

«Andiamo.» Gli faccio segno di seguirmi. Passo oltre la sala da pranzo, diretta alla stanza nella torre in fondo al corridoio. Sento la gente che sta ancora parlando nella sala da pranzo, rimandando il momento di alzarsi. Prima o poi saranno tutti in salotto, ma non sono dell'umore per affrontare una folla.

A metà strada verso la stanza nella torre, rallento il passo. Michael sta venendo verso di noi, con i capelli biondi corti e la t-shirt grigia umidi di sudore. Probabilmente stava allenandosi nella palestra al piano di sotto.

«Dove mi stai portando?» mi chiede Brendan, ignaro dell'imminente confronto.

Non riesco a trovare la voce. Lo sguardo di Michael rimbalza da me a Brendan e indietro e comincia ad aggrottare le sopracciglia.

«Terra a...» Brendan smette di parlare quando Michael si ferma davanti a me.

Un muscolo si contrae sulla guancia di Michael. «Grazie per i biscotti.»

«Prego.»

Si volta verso Brendan. Hanno circa la stessa altezza e la stessa corporatura: più di un metro e ottanta di muscoli e spalle larghe, ma Michael è addestrato a disarmare, neutralizzare e distruggere se necessario. È il capitano delle guardie di palazzo. Ho il cuore in gola. Brendan mantiene la sua posizione.

Michael dice a denti stretti: «Toccala e morirai». Si raddrizza e fa il saluto a Brendan. «Scherzo. È un mio dovere e un onore proteggere i Rourke.» Lascia cadere la mano e si allontana a passo di marcia. Divertente, ma forse anche no.

Riprendo a camminare verso la stanza della torre, senza sapere che cosa dire dopo quella scena.

«Dunque... non è stato per niente inquietante» dice sotto-voce Brendan.

Gli do un'occhiata di sottecchi. «È una guardia di palazzo.»

«Quindi hai portato dei biscotti a un assassino addestrato?»

«Non preferiresti restare nelle sue grazie?»

Lui si ferma, di colpo molto serio. «Ti ha minacciata? Ti farebbe del male?»

«No. La famiglia reale l'ha nominato capitano delle guardie. Se loro si fidano di lui, perché non dovrei fidarmi io?»

Brendan scuote la testa. «Io non mi fido nemmeno un po'. Mi pare pericoloso.» Sorride, con gli occhi che scintillano diabolici. «Di te, invece, non posso avere paura. Sei così piccina.» Mima il gesto di afferrarmi e lanciarmi come fossi un pallone, facendo un lungo fischio mentre io presumibilmente sto volando per aria.

Sbuffo e continuo a camminare. «Non sono piccola, sono minuta.»

«Vorrei veramente lanciarti per aria e farti atterrare su qualcosa di morbido, ovviamente, ma il tuo ex mi ucciderebbe se ti toccassi, quindi, *niente da fare.*» Scuote la testa come se fosse irritato, con un sorriso sulle labbra.

«Niente da fare, pazzoide.» Non credo che Brendan sia mai serio. Cioè, Michael lo ha praticamente appena minacciato e lui ha fatto finta di niente. Sono un po' nervosa per questa situazione. Non per me, per Brendan. Il poveretto sta solo cercando di essere amichevole. Non sta nemmeno pensando a me in quel modo.

Vado dietro la stanza nella torre e uso entrambe le mani per spostare una libreria di legno, perché è anche la porta di un passaggio segreto.

Brendan spalanca gli occhi, poi mi rivolge un sorriso di apprezzamento. «Forte!»

Gli sorrido anch'io. È come se pensasse che sono forte anch'io, una cosa di cui nessuno mi ha mai accusato. Entro e cammino in un passaggio di pietra in discesa, con un soffitto basso. La luce è scarsa, solo quella che filtra dalla porta aperta.

Brendan prende il telefono dalla tasca della giacca blu scuro e accende la torcia. Osservo la sua espressione mentre guarda il passaggio. È stata Sara a mostrarmi questo posto. Una volta era una vita di fuga verso un'uscita laterale del palazzo, una forma di difesa, ma adesso è diventato un magazzino.

«Che cosa sono questi?» mi chiede, illuminando una scultura di pietra. «Cupidi?»

«Sono cherubini.» Il corridoio ne è pieno, la maggior parte è appesa alla parete, alcuni solo appoggiati. «Facevano parte di un'antica sezione del palazzo demolita dopo il grande incendio.»

«È veramente forte.»

Lo seguo mentre illumina man mano ogni cherubino,

alcuni rotti ma ancora carini, mentre ci inoltriamo nel corridoio. Vengo invasa da un senso di pace. È bello mostrargli una parte del palazzo che conoscono in pochi e adoro questi cherubini, con le loro dolci facce paffute, che aspettano solo che i visitatori li ammirino ancora una volta.

Brendan si volta a guardarmi, abbassando il telefono in modo che io non abbia la luce negli occhi. «Non avevo idea che ci fosse qualcosa del genere. È stato il tuo ex a mostrartelo?»

Mi sgonfio. «No, mia sorella. Potremmo non parlare del mio ex? È una situazione un po' spinosa.»

Lui arriccia le labbra e ringhia: «Toccala e morirai». Poi, con la sua voce normale: «Capito, ex psicopatico».

«È solo un po' seccato perché ho rifiutato la sua proposta di matrimonio.»

«Oh, merda. Ti ha chiesto di sposarlo? È roba grossa. Pensavo fosse una cosa più casuale. Non mi meraviglia che mi abbia quasi aggredito.»

«Beh, è successo tre mesi fa.»

Lui china di lato la testa. «E per quanto tempo ti sei accidentalmente trovata in una relazione con lui?»

Faccio una smorfia, quando sento le mie stesse parole. «Okay, ecco che cosa devi capire. È stato una cosa saltuaria, nel corso di nove mesi, solo quando venivo qua durante le vacanze scolastiche.»

«Nove mesi! È un po' tanto per una cosa casuale.» Sorride. «È bello conoscere qualcuno peggiore di me in fatto di relazioni.»

Mi innervosisco, sulla difensiva. «Era chiaro fin dall'inizio che non avevo tempo per una relazione nella mia vita. Sono molto concentrata sui miei studi. Sono al secondo anno alla Columbia. Mi manca un anno e poi ci sarà la facoltà di medicina. Poi altri anni per il tirocinio e la specializzazione. Ho una strada lunga davanti a me.» Allungo una mano. «E intendo una strada mooolto lunga. Una volta che sarò diventata una ricercatrice oncologica potrò cercare qualcuno per farmi una famiglia.»

Brendan mi mette una mano sul braccio. «Chloe, non hai bisogno di spiegarlo a me. Lo capisco.»

Mi calmo. «Ah, grazie.»

«Inoltre, che cosa sei, un genio? Laurea alla Columbia in tre anni invece di quattro? Ed è una delle scuole migliori. Perfino il miglior diplomato della mia classe alle superiori è stato rifiutato alla Columbia.»

Faccio spallucce. «Sono solo una che lavora sodo.»

«Giusto. Alloooora, conosci qualche altro passaggio segreto?»

«Solo un altro. Porta alle segrete.»

«Davvero? Andiamo a vederle.»

Scuoto la testa. «È veramente un brutto posto. Ci sono i ragni e non so nemmeno che altre cose, che strisciano laggiù e puzza di muffa inquietante.»

«Non ho mai sentito parlare di muffa inquietante.»

«E non è il caso di andarci, specialmente di notte. Sono fredde e buie.» Incrocio le braccia, per combattere un brivido al pensiero. «Penso che ci siano anche dei pipistrelli.»

Brendan si appoggia alla parete, incrociando le braccia sul petto. «Vuoi restare qui un po'?»

«Sì. Posso prendere in prestito la tua torcia? Ho lasciato il telefono nella mia stanza.»

«Certo. Ma prima voglio una cosa da te.»

Mi blocco, di colpo diffidente.

Brendan ride. «Sembra che stia per chiederti il tuo primo-genito.» Mi dà un colpetto sulla spalla. «Volevo solo sapere come hai fatto a finire completamente fradicia, sporca e tremante nella mia stanza.»

Mi appoggio alla parete accanto a lui. Qualcosa di questo spazio intimo rende più facile parlare. Quindi gli dico tutta la ridicola storia.

Lui si volta verso di me. «Ti interessava tanto mantenere l'amicizia?»

«Mi sentivo male per averlo ferito.»

«Ciò che hai fatto è maledettamente eroico.»

«Nooo.»

«Sì» insiste lui.

Espiro bruscamente. «E ho anche scoperto che la faccenda degli scopamici è falsa. Almeno la parte dell'amicizia.»

Brendan resta in silenzio per qualche momento, sembra ci stia pensando, poi dice: «Probabilmente hai ragione. Un uomo non vorrebbe mai tornare a essere solo un amico una volta superata quella linea».

Mi raddrizzo e tendo la mano per avere il suo telefono. «Ho imparato la lezione.»

Lui me lo passa, con gli occhi fissi nei miei. «Hai un grande cuore.»

«Davvero?» Per un momento mi sento speranzosa, poi mi rendo conto che non mi conosce abbastanza bene da vedere la vera me, dentro. Spezzata.

«Diavolo, sì. Ti sei presa la briga di preparare quei biscotti e portarli là. Hai sofferto per fare ammenda. Solo qualcuno con un cuore grande lo farebbe. La maggior parte della gente si limiterebbe ad andarsene.»

«Forse *avrei dovuto* semplicemente andarmene.»

Brendan mi dà un buffetto sotto il mento. «Ehi, non c'è niente di male nell'avere un cuore grande. È probabilmente ciò che ti fa desiderare di curare il cancro. Vuoi ridare qualcosa al mondo.»

Sento il calore che m'invade. Ha ragione su una cosa: per me è importante restituire qualcosa al mondo. «Grazie.»

Lui inclina la testa.

Io mi volto, usando la luce del telefono per inoltrarmi nel passaggio e osservo i cherubini mentre vado verso la mia scultura preferita di una coppia di cherubini. Mi fermo ad ammirarli, immobili per sempre sui lati di un contrafforte di pietra. Sembra che si stiano sbirciando. Così vicini eppure così lontani.

Vado da Brendan e gli ridò il telefono. «Grazie. Adesso possiamo tornare.» Lo guido verso l'uscita.

«Ti sei divertita abbastanza, eh?» dice dietro di me.

Riesco a sentire il sorriso nella sua voce. Mi sta prendendo in giro perché non mi sono mai divertita. «Ti informo che riservo del tempo per il divertimento con la mia compagna di stanza, Lindsey, ogni fine settimana e dopo gli esami finali.»

«Ah sì? E che cosa fate?»

«Serata cinema, serata bellezza, a volte andiamo al planetario.»

«L'ultima la definite la vostra serata da nerd?»

Stringo le labbra. Lo sento da tutta la vita. Non sono una nerd. Sono una studentessa seria. È diverso.

Aspetto finché siamo tornati nella stanza della torre, dopo aver chiuso attentamente la libreria alle nostre spalle prima di rispondere. «Preferisco che i miei amici siano meno offensivi.»

Lui alza le mani. «Intendevo dire nerd nel senso di genio fantastico. E penso veramente che i tuoi obiettivi siano nobili.» Mi indica col dito. «Come una vera vocazione.»

Respiro a fondo, talmente fiera da mettermi più diritta. «Grazie.»

«Che cosa fate nella serata bellezza?» Dà un'occhiata alle mie unghie. «Non mi sembri il tipo da dipingerti le unghie o da mettere molto trucco.»

In effetti sono truccata, ma è molto discreto. È lusinghiero che pensi che questo sia il mio aspetto naturale. «Nell'ultima serata bellezza mi sono tinta i capelli di rosso. E lei ha tinto i suoi di viola.»

Brendan chiude gli occhi. «No.» Sembra terribilmente demoralizzato.

«Che c'è?»

Apre gli occhi. «Non sei veramente una testa rossa?»

«No, sono bionda come Sara. Perché è così importante?»

Lui agita una mano, fingendo indifferenza. «Niente, non preoccuparti. Ehi, ho portato il mio laptop. Vuoi vedere l'ultimo *Fast and Furious*?»

«È quella lunga serie di film sugli inseguimenti in auto?»

«Sì, è favoloso. Ne è appena uscito uno nuovo.»

Mi picchietto il mento. «Mmm, temo che non capirò niente, dato che non ho visto nessuno degli episodi precedenti.»

Mi dà una tiratina di capelli. «Giusto. Cominceremo con il primo della serie.»

Mi perdo per un attimo nei suoi scintillanti occhi azzurri. Scommetto che la sua vita è una serie di bei momenti. Deve avere avuto una vita facile, crescendo circondato da gente che gli vuole bene, con tutto quel buonumore e l'allegria. Probabilmente non si è mai sentito solo un momento in vita sua. Mai. Il contrasto con la mia vita è quasi da ridere. Sara e io avevamo l'un l'altra. Ed era tutto. Passavo tanto tempo da sola quando lei era al lavoro. Forse è per quello che mi sono dedicata con tanto zelo agli studi. Per quanto le scienze possano essere affascinanti, devo ammettere che non ti danno quella sensazione di calore che ti può dare solo stare vicino a Brendan e alla sua famiglia.

Non serve a niente desiderare le cose che non ho mai avuto. Una buona istruzione è il mio trampolino verso una vita migliore, sia dal punto di vista della sicurezza finanziaria sia per lasciare la mia impronta sul mondo. Sono seriamente divisa tra il divertimento che mi promette e il mio bisogno di tornare a lavorare. «Non lo so, Brendan. Mi sembra che ci potrebbe volere un bel po'.»

«No, un paio d'ore. Poi potrai vedere gli altri film per conto tuo.»

Prendo in considerazione un altro fattore. Guardare il film sul suo laptop significa che dovremo stare molto vicini. Non posso negare di essere attratta da lui. Comunque ha detto che baciarmi sarebbe come baciare sua cugina. Okay, la cosa più intelligente da fare è tenerlo a distanza di sicurezza. In quel modo non ci sarà il rischio che faccia qualcosa di impulsivo, per un puro bisogno biologico.

«Ti piacerà, te lo prometto» dice con la voce suadente. «È un film che piace a tutti, perfino ai futuri medici. Qual è il tuo cognome?»

«Travers.»

«Perfino a te, dottor Travers.»

Reprimo un sorriso. Aspetto da una vita che qualcuno mi chiami dottor Travers. Mi piace come suona. *Dottor Chloe Travers.*

Chloe Travers, dottore in medicina.

Dottor Travers, ci serve la sua opinione su questa formazione atipica di cellule.

Faccio spallucce. «Okay.»

Brendan sorride e mi accompagna nella sua stanza. Ci sediamo sul divano grigio nel soggiorno per guardare il film sul laptop appoggiato al tavolino. Lui si spaparanza sul divano, con gli occhi fissi sul film. Immagino di non dovermi preoccupare di quella faccenda della vicinanza. È chiaro che è più interessato a un film che ha già visto che a me. Nessun problema. Mi metto comoda e mi sforzo di tenere gli occhi sullo schermo, fingendo di essere da sola, ignorando il calore del suo corpo e il suo profumo sexy di legni pregiati. *Concentrati sugli inseguimenti in auto e sugli uomini che camminano come se il mondo fosse loro.*

Poi mi sveglio di colpo, asciugandomi la bava sul mento. Oh mio Dio. Mi sono addormentata con la testa appoggiata alla sua spalla.

Mi raddrizzo lentamente e lo guardo.

Lui sorride, con gli occhi azzurri dolci nei miei. «Qual è la tua opinione professionale sul film, dottor Travers?»

Sorrido, contenta per come lo sta dicendo. «Mi è piaciuto.»

«Quale parte?»

Ripenso all'inizio del film, prima che mi addormentassi. «Gli uomini sexy che se ne andavano in giro spavaldi.»

«Uh-uh. Qualcuno in particolare?»

Fisso lo schermo del laptop, cercando di ricordare il nome dell'attore. C'è uno screensaver con le stelle cadenti. Per quanto tempo ho dormito? E lui è rimasto semplicemente lì seduto, lasciandomi dormire sulla sua spalla per ore? Che gesto carino da parte sua.

«Vin Diesel?» mi suggerisce. «Ti piacciono i calvi?»

Rido e lo guardo negli occhi azzurri scintillanti. Abbasso lo sguardo sulle sue labbra sensuali che sembrano sempre sul punto di sorridere. Di colpo sento l'attrazione, come se volessi avvicinarmi. La chimica è una cosa potente.

«Chloe.» La sua voce sembra un po' ruvida.

Mi lecco le labbra. «Tutti gli uomini erano sexy.» Ma mi riferisco a lui.

Dovrei andarmene, ma sembra che non riesca a muovermi.

Lui si alza e mi tende una mano. Mi alzo da sola; non

voglio toccarlo, non mi fido di me stessa. Per qualche motivo, mi sento molto vicina a lui. Che stupida. Solo perché mi sono addormentata sulla sua spalla e lui mi ha lasciato fare... non so nemmeno per quanto tempo.

Lo studio per un attimo e mi fissa anche lui, mentre siamo uno di fronte all'altro davanti al divano. È come se stessimo cercando di decidere quale sarà il prossimo passo. Siamo veramente amici? Se è così, potremmo passare del tempo insieme anche domani. Non so se dovrei dirglielo.

Lui indica la porta con il pollice. «Vuoi che ti accompagni in camera tua?»

«Sono solo alla fine del corridoio. Penso di potercela fare.»

E lui scoppia a ridere.

È così bonario. C'è chi non apprezza il mio umorismo pungente. «Buonanotte, Brendan. Grazie per il film.»

«Nessun problema.» Un angolo della sua bocca di alza e appare una fossetta nella guancia pelosa. È affascinante. Mi dico che è solo un incavo e non è che lui possa farci qualcosa. «Grazie per avermi mostrato il tuo passaggio segreto.» Chiude gli occhi per un momento. «E non intendevo dirlo come fosse una cosa sconcia. Pensi che guarderai qualche altro episodio di *Fast and Furious*?»

«No.»

Lui alza un sopracciglio con gli occhi che sprizzano buonumore. «Dovrò farti rapporto al fan club di Vin Diesel.»

Ridacchio e poi cerco immediatamente di smettere. Non è proprio da me ridacchiare. Esco e lo saluto agitando le dita di una mano da sopra la spalla.

Quando arrivo alla mia stanza sto sorridendo, e questo dimostra che so come divertirmi.

4

Brendan

Oggi è il mio ultimo giorno a Villroy e lo sto sfruttando al massimo, giocando a poker al casinò, in una stanza privata, con i miei fratelli e i miei cugini. C'è qualcosa di meglio? Drink gratis, buona compagnia e sto vincendo un paio di centinaia di euro. Ci sono due partite in corso, con un mix tra gente di Villroy e di Brooklyn. Quello da osservare attentamente al nostro tavolo è Adrian, un vero squalo a carte. Non ha bisogno di soldi. Questo posto è suo e ha un enorme successo, ma gioca ogni mano come se la sua vita dipendesse dal fatto di vincerla.

Ho la sensazione che Adrian ci sorprenderà con un full. Ci ha già sorpreso due volte finora. Ho avuto fortuna con la mia ultima mano e lo so. La mia mente continua a tornare a Chloe. Immagino che una parte di me sperasse di potersi divertire di più con lei. Partirò domani mattina. Lei ha evitato i pasti in famiglia e non è nemmeno venuta con noi al casinò. Adrian mi aveva detto che Chloe resterà a Villroy per tre settimane prima di tornare al college. Non è che vorrà vedermi a casa una volta che riprenderà la scuola, quindi adesso è il momento per divertirmi. Non so perché continuo a pensare a lei. È solo che...

Il suo sorriso. Mi è sembrata un'enorme vittoria vederla sorridere, specialmente quando mi sono reso conto di che persona seria sia, così concentrata sui suoi studi. Ed ero riuscito a farla sorridere.

Beast mi dà una gomitata nelle costole. «È arrivata la tua testa rossa.»

Alzo di colpo la testa. È appena entrata con sua sorella. Sembra proprio una giovane studentessa del college, con un cardigan verde sopra una canottiera in tinta, jeans e stivaletti bassi di camoscio. Ovvio, è una studentessa del college. Non fa per me. È troppo seria, troppo determinata, troppo... dottorale.

Legami di famiglia. Ricadute. Imbarazzo.

Ex assassino psicotico. Morte.

E poi lei si morde il labbro inferiore e mi saluta incerta con la mano. Mi colpisce come un pugno nello stomaco.

Mi alzo e getto le carte sul tavolo. «Lascio.»

Erompe un coro di proteste.

«Che c'è?» chiedo, con gli occhi incollati a Chloe. Sta controllando la stanza mentre parla con sua sorella.

«Sei serio?» chiede Beast.

«Che palle!» sbraita uno dei miei fratelli. Non ho nemmeno voglia di vedere qual è.

Sto già attraversando la stanza, obbligandomi a camminare lentamente, in modo da non sembrare ansioso come sono. Colgo il suo sguardo e sorrido. Lei mi sorride e sento il calore che si diffonde.

«Ehi, Chloe» dico quando finalmente la raggiungo. «Stai facendo una pausa?»

«No, sto studiando anatomia mentre parliamo» dice impassibile.

«Quella di qualcuno in particolare?» Mi guardo attorno e trovo un uomo calvo che circola con un vassoio di drink. Parlo cercando di non muovere le labbra: «Quello calvo, vero?».

Lei ridacchia e si copre in fretta la bocca con una mano.

Io sorrido. «Vin Diesel sarebbe così geloso.»

«Io vado a giocare» dice Sara.

Mi rendo conto di essere stato scortese. Sua sorella era lì per tutto il tempo. «Salve, Sara, è bello rivederti.»

«Certo, certo» dice lei con un sorriso nella voce prima di unirsi a Adrian. Probabilmente prenderà il mio posto al tavolo.

Chloe scuote la testa. «Sara dice che sei il mio nuovo boy-toy.»

«Ridicolo. Sono troppo uomo.»

«Man toy non fa rima.»

«Che ne dici di Bam Man?»

Lei alza un sopracciglio. «Davvero, nel senso di slam, bam, grazie madam? Non è un complimento se sei uno che finisce presto.»

Mi erigo in tutta la mia statura. «Non è così, fidati. Comunque, che cos'è successo?»

«Sara mi ha obbligato a uscire dalla mia stanza.»

«Ti ha tirato fuori per i capelli?»

«È molto insistente.»

«Okay, bene, adesso sei qui. Ti piace il poker?»

«Non proprio. So giocare. Sara è fortissima e abbiamo giocato insieme un mucchio di volte. Semplicemente non lo trovo divertente.»

«Le slot? C'è la roulette al piano di sotto, i dadi e...»

«Lo so, Brendan. Sono già stata qui parecchie volte.»

Piego la testa. «Giusto. Allora che cosa ti piace fare?»

«La maggior parte delle volte resto qui abbastanza da togliermi Sara di dosso e poi torno nella mia stanza a studiare.»

«È veramente quello che vuoi fare?» Alzo le mani. «Voglio dire, hai un amico affascinante pronto a giocare con te.»

Lei ridacchia, coprendosi nuovamente la bocca con la mano.

Le tiro via la mano. «Perché nascondi una risata, bambola?»

«È la sorpresa. Sei spassoso.»

Gonfio il petto. «Già, lo so. Allora... che facciamo?»

Chloe si mette le mani sui fianchi, poi le lascia cadere, poi incrocia le braccia. «Non lo so.»

Sembra così a disagio in questo posto rumoroso che mi viene in mente che qualcuno che passa la maggior parte del suo tempo studiando è abituato al silenzio di una biblioteca. Non sarebbe mai sopravvissuta crescendo in casa Rourke: sei ragazzi chiassosi in una casa a schiera con tre camere. Fortunatamente, i miei genitori avevano rifinito il seminterrato, trasformandolo in una sala giochi/camera extra per darci più spazio per espanderci.

«Vuoi andare in un posto più tranquillo?»

Gli occhi verdi si illuminano. «Sì.»

«Scendiamo al bar. Non è affollato. Adrian dice che c'è più gente al casinò l'ultimo dell'anno che non a Natale. Potresti bere qualcosa di non alcolico.»

«Certo, okay.»

Ci incamminiamo. «È stato piuttosto silenzioso crescere con solo una sorella? Lo chiedo perché io ho cinque fratelli e non è mai e poi mai stato silenzioso.»

«In effetti sì, ma anche perché i miei genitori sono morti quando avevo sei anni. Non ricordo molto del tempo in cui eravamo in quattro.»

Non mi meraviglia che sia così seria. Sei anni sono veramente troppo pochi per perdere i genitori. «Dev'essere stata dura.»

Lei cammina un po' più in fretta. «Sì. Dopo la loro morte abbiamo vissuto con nostro zio a Brooklyn, ma quando avevo nove anni lui se n'è andato per cercare di avere successo a Nashville come cantante country, quindi da allora siamo sempre state solo Sara e io. Lei ha sette anni più di me e ha lavorato moltissimo per mantenerci. Comunque è per quello che sono abituata a tanto silenzio e tempo da sola.»

«Mi dispiace. Non intendevo riportarti alla mente ricordi dolorosi.»

Lei fa spallucce. «È la mia vita. Non ha senso cercare di riscrivere la storia e desiderare qualcosa di diverso. Ho semplicemente dovuto cercare di fare del mio meglio con quello che avevo.»

Vero. Mi sento così triste per lei. Non mi meraviglia che Sara si preoccupi tanto per lei. L'ha praticamente cresciuta come una mamma single. Mi sento male anche per Sara. Hanno decisamente avuto sfortuna.

«Parliamo di qualcos'altro» mi dice quando arriviamo vicino al bar. «La tua famiglia è veramente molto rumorosa. I Rourke di Brooklyn *e* quelli di Villroy. È genetico o pensi che sia un modo di sopravvivere, cercando di farsi sentire sopra la folla in modo da poter ottenere la giusta quota delle risorse disponibili?»

Esplodo in una risata proprio mentre entriamo nell'area del bar. Sono le nove di sera passate e il posto è praticamente vuoto, come avevo previsto, solo il barista e due tizi giovani in fondo al bancone. I due danno una bell'occhiata a Chloe, vedono la mia espressione e tornano a guardare la boxe in TV.

«Genetica» rispondo alla sua domanda sui Rourke rumorosi. «Ma chi dorme non piglia pesci, o cibo nel nostro caso. Appena una vaschetta di gelato entrava in casa, spariva entro cinque minuti.» Mi siedo al bar e lei prende lo sgabello accanto al mio. «Non mi è mai sembrato di dover lottare per qualcosa di diverso. Ricevevo la mia parte di attenzione da parte dei miei genitori semplicemente essendo me stesso. Mi chiamavano il loro diavoletto dispettoso.» Le faccio l'occhiolino.

Lei mi dà un'occhiata di sottecchi. «Si capisce.»

Sorrido e mi batto il petto con il pugno. «Sì.»

«Che cosa posso darvi?» chiede il barista, un uomo anziano con capelli castani recedenti.

«Avete qualcosa di fruttato?» chiede Chloe.

«Certo.» Il barista le porge il menu delle bevande.

Mi chino a leggerlo con lei. Ci sono un mucchio di cocktail spiritosi che giocano sulla regalità e Villroy: Royaltini, Brezza di Villroy, perfino Schizzo di aragosta.

«Posso fare qualunque cocktail senza alcol» dice il barista. «Abbiamo anche bevande analcoliche.» Indica il retro del menu.

«Può darmi qualche minuto per decidere?» chiede Chloe.

L'uomo china la testa e si sposta lungo il bar, versando la mia birra.

Chloe si china verso di me e mi confida: «Mia sorella dice

che ero una specie di diavolo della Tasmania da piccola, anche se io non lo ricordo».

«Tu? Davvero?»

Chloe annuisce. «Dice che mi toglievo tutti i vestiti e correvo per la spiaggia nuda, distruggevo i castelli di sabbia che la principessa Silvia mi aveva aiutato a costruire, gettavo il nostro pranzo ai gabbiani e strappavo le zampe ai granchi.» La principessa Silvia è la gemella di Adrian e questo significa che il legame di Chloe con i Rourke risale a parecchio tempo fa.

«Proprio la ragazza che piace a me. Allora, come mai venivate a Villroy quando eri piccola?» Prima del casinò e del centro benessere non era esattamente una meta turistica.

«Mio padre era francese d'origine e aveva dei bei ricordi delle estati a Villroy. Io ho passato qui le mie estati fin dalla nascita. Sara era amica di Silvia e Adrian, dato che hanno tutti la stessa età. Io ero la folle sorellina che dovevano sopportare.»

Quindi, praticamente, la famiglia reale conosce Chloe fin da quando è nata. E adesso mio cugino è suo cognato. Già, devo decisamente fare attenzione a non superare quella famosa linea con lei. Immaginate che ricadute familiari.

«Che altre cose diaboliche facevi?» le chiedo.

Lei sorride e abbassa la testa. «A quanto pare, una volta ho ingoiato un pesce vivo, ma è stato un incidente. Pensavo di riuscire a tenerlo in vita in bocca con la saliva e portarlo a casa, per metterlo in una boccia di vetro.»

«Oh, quello non l'ho mai fatto. Una volta ho infilato la carta di credito di mio padre in una cassetta postale. Volevo vederla scivolare dentro. Dio, quanto era furioso.»

Lei scuote la testa. «Bambini, giusto?» Studia di nuovo il menu. «Non ho mai bevuto niente di alcolico in vita mia, ma tutto questo parlare dei miei giorni spensierati mi fa venire voglia di provarne uno.» Mi guarda negli occhi con un sorriso sul suo bel visino angelico. «Voglio essere un po' scatenata.»

Mi blocco, in allarme. Chloe non può scatenarsi. Mi tenterebbe troppo. Le donne scatenate sono il mio pane quotidiano. E qui non posso mangiare. È territorio di famiglia.

«Pessima idea» le dico.

«Perché?»

Scuoto la testa, sperando di riuscire a trovare una risposta plausibile dal mio cervello nel panico. «Perché sì.»

«Solo un drink. E posso chiamare per farmi riportare a palazzo. Ragionevole e divertente.» Torna al menu, tirandosi il labbro inferiore in bocca mentre lo studia. Sento una botta di eccitazione. Qualcosa in quelle labbra con quell'arco di Cupido in cima e quello inferiore più pieno. Così sexy. Distolgo in fretta lo sguardo dalla tentazione.

Arriva la mia birra e ne bevo un lungo sorso. Sentendomi più calmo, imito la voce di Dylan, che sembra più responsabile. «Meglio evitare l'alcol dato che non hai sviluppato una tolleranza. Bevi responsabilmente.» Aspettate. Penso che venga da una pubblicità che incoraggia la gente a bere, ma in modo responsabile.

Chloe si volta verso di me. «La Brezza di Villroy sembra rinfrescante con le fragole. Il rum è dolce?»

Apro la bocca per dirle che il rum sa di sciroppo per la tosse e si dovrebbe evitarlo a ogni costo, ma è troppo tardi.

Lei alza una mano verso il barista. «Prenderò una Brezza di Villroy, per favore. Alcolica.»

Abbasso la testa. È terribile. Adesso sarà tutta sciolta e rilassata, esattamente come mi piacciono le donne. Se si scatenerà sarò perduto.

Chloe prende il mio bicchiere di birra, ne beve un sorso e tira fuori la lingua. «Bleah.»

«Giusto? Evitala. Scommetto che anche il tuo drink è orribile.» Mi volto e bevo un altro lungo sorso di birra. Appena l'avrò finita tornerò alla partita di poker. La lascerò con sua sorella e manterrò le distanze per il resto della serata.

Chloe mi dà una gomitata nelle costole. «Non permettermi di fare niente di folle o imbarazzante.»

Gulp. «Ad esempio?»

«Non lo so.» Agita una mano in aria. «Qualcosa.»

Non riesce nemmeno a immaginare qualcosa di folle. Eccellente. Forse l'alcol non avrà effetto su di lei. Si limiterà a ridacchiare o qualcosa di simile.

Mi rilasso e colmo mentalmente i vuoti di quello che potrebbe voler dire folle. È buffo perché non farebbe mai niente di simile. «Per esempio ballare nuda su un tavolo?»

Lei sorride. «No. Io non ballo.»

Perfetto. Adesso posso divertirmi con lei.

Abbasso la voce in modo che il barista che le sta preparando il drink dall'altra parte del bar non possa sentirmi. «Fare uno striptease per il vecchietto dietro il bancone?»

Lei spalanca gli occhi. «Perché tutto finisce con me nuda?»

Alzo la birra, nascondendo un sorriso. «Ti piaceva essere nuda da bambina.»

Lei scuote la testa. «Già. Adesso sono una tale lagna.»

«Proprio vero.»

«Ehi!»

Ridacchio piano e lei mi dà un'occhiataccia. Non è abituata a essere presa in giro. «Sto solo dichiarandomi d'accordo con te» le dico.

Qualche minuto dopo la guardo mentre beve il primo sorso, un po' titubante. «Mmm, è delizioso!»

Il protettore che c'è in me viene a galla. «Attenta, a volte il sapore dolce maschera l'alcol e si beve troppo in fretta.» Non so esattamente chi sto proteggendo, se lei o me stesso.

Lei beve di nuovo e poi si preme le dita sulla fronte. «Cervello gelato. Dividiamoci un piatto di nachos all'aragosta. Ho saltato la cena.»

Mi metto seduto diritto. «Chloe, mai bere a stomaco vuoto.»

«Sissignore» risponde bruscamente.

Ho parlato in modo troppo severo? Io sono il tipo rilassato con cui fai festa. Gente, che casino. Cerco di assumere un tono amichevole. «Certo, i nachos mi piacciono sempre.»

Lei dà l'ordine e mi volta la schiena. «Mi piace avere un amico maschio. Sei come un repellente naturale per ogni altro uomo che potrebbe avvicinarsi.» Inclina la testa verso i due tizi in fondo al bancone. Sono sui vent'anni, probabilmente gente del posto.

Io stringo i denti. Proprio quello che ho sempre desiderato

essere: un repellente per maschi. Una birra e me ne vado da qui.

Trangugio un altro lungo sorso. Sto cominciando a sentirla, in effetti, perché è la mia terza birra questa sera. Ne ho bevute un paio durante la partita di poker. Meno male che abbiamo ordinato i nachos. Dovrebbero assorbire un po' di alcol.

Chloe mi picchietta un dito nel petto. «Indovina una cosa?»

Mi sta toccando.

La guardo. «Cosa?» Oh merda, ha quasi finito il drink.

«Mi sento super felice.» Inspira bruscamente. «È così che ci si sente quando si è brilli?»

Reprimo una risata. «Sì.»

Lei ride e svuota il bicchiere. «Ottimo lavoro, signor barista. Può portarmene un altro?»

Lui fa un cenno affermativo e si mette al lavoro.

«Va bene, ma mangia prima di bere ancora» dico. «Capito?» Sembro proprio un guastafeste. Sono un *completo* guastafeste. Non posso permettere a questa situazione di sfuggirmi di mano.

«Bren-dan» Chloe strascica il mio nome con una voce scherzosa. «Sto bene.»

«Te lo dico da amico con una lunga esperienza in fatto di alcol. Sei piccola e non hai sviluppato una tolleranza.» *E adesso sembra che io abbia una scopa infilata nel culo.* Mi consolo dicendomi che è l'istinto protettivo che Chloe risveglia in me. Sono ancora un tipo divertente. Davvero.

«Piccola» sbuffa Chloe. «So dare un bel pugno.» Mi dà un pugno sulla spalla e sembra che mi abbia fatto un buffetto. E non è che stia cercando di fare il duro. È come se non avesse mai dato un pugno in vita sua.

Faccio una smorfia come se mi avesse fatto male. «Mi dispiace» dice cantilenando. «Adesso dovrai ammettere che sono un metro e sessanta di pura potenza.»

Il barista si avvicina con il suo drink e io lo fermo. «Può portarlo con i nachos?»

«Brendan Rourke!» esclama Chloe.

«Dottor Travers.»

Lei torna immediatamente seria. «Mi sto comportando in modo imbarazzante?»

«Parli solo a voce un po' troppo alta. »

«Okay. Sei tu l'esperto.» Fa un cenno al barista di ritardare il drink.

Mi rilasso. «Giusto. Sono l'esperto di Brezza di Villroy per le bevitrici vergini.»

«Oh, non sono vergine.»

Ci sono proprio cascato.

Scuoto la testa quando lei si china vicino. So già che mi darà qualche informazione di troppo. «Non...»

Lei continua, sussurrando un po' troppo forte. «L'ho persa con Mike, al campo estivo di ingegneria biomedica quando avevo sedici anni. Avevo ricevuto una borsa di studio per un campo estivo della Penn dedicato agli appassionati di scienze, perché è quello il mio stile.»

Sento le spalle che si tendono. Mike era un altro studente o un insegnante? E che cos'è questa storia di lei e dei tizi che si chiamano Michael? «Quanti anni aveva Mike?»

«Sedici.»

Mi rilasso.

«All'inizio non era granché, ma...»

«Non serve che...»

Lei alza un dito. «Per la fine dell'estate, ha *finalmente* trovato il bottone magico.» Mi tira vicino prendendomi per la spalla e mi sussurra all'orecchio: «Sto parlando in modo educato per via della compagnia mista. Ovviamente il termine anatomico corretto è...». Scoppia a ridere e io mi tiro indietro per salvare i timpani.

«Adesso lo sento veramente, Brendan!»

Non posso fare a meno di ridere. «L'avevo capito.»

Lei sospira felice. «Mi piace avere un amico maschio. Adesso puoi dirmi il punto di vista maschile. Perché i maschi pensano che una donna seduta da sola in una biblioteca a studiare voglia parlare di che cosa farà durante il fine settimana?»

Sembra perplessa. Non si rende conto di com'è bella e sexy?

Lei mi scuote una spalla. «Dai, sei un maschio. Dimmi perché lo fanno.»

Soffio fuori il fiato. *Come ho fatto a finire con l'essere di nuovo l'amico maschio?* È un duro lavoro non attraversare quella linea. Mantengo la risposta semplice, attenendomi ai fatti. «Sei una ragazza carina...»

«Donna.»

«Sei una donna carina, seduta da sola, così pensano che sia single. Sperano di poter stare con te.»

Lei scuote la testa. «Ma è una biblioteca. Bah! È ovvio che sono lì per studiare.»

«È il motivo per cui ti chiedono di uscire durante il fine settimana. La maggior parte della gente esce il fine settimana.»

«La maggior parte della gente non sta puntando alla facoltà di medicina di Harvard. Inoltre i miei bisogni fisici erano già soddisfatti. Per cos'altro avrei bisogno di un uomo?»

«Niente.» Concordo con lei. Che altro c'è, a meno che si voglia entrare nel territorio di un impegno durevole?

Lei sorride radiosa e il mio cuore batte più forte. È irresistibile quando sorride. E anche quando è seria. Oh, diavolo. Devo andarmene da qui. Ma adesso mi sento responsabile per lei. Non pensavo che si sarebbe ubriacata con un solo drink. Ovviamente non sapevo nemmeno che avesse saltato la cena. Non posso lasciare da sola nel casinò una donna ubriaca. Potrebbe fare qualcosa che poi rimpiangerà. Appena avrà finito il secondo drink e avrà fatto il pieno di nachos, la condurrò sana e salva in camera sua. Ecco tutto.

Sperando che le venga un bel mal di testa da dopo sbronza e decida che non vale la pena di torturare un uomo in questo modo. Mai più.

5

Chloe

Brendan è cooosì disgustoso. Sono contenta di non essere cresciuta con dei fratelli. Ha un filo di formaggio dei nachos che gli pende sul mento. Glielo direi, ma non ha bisogno di sembrare più sexy, grazie tante. Mi piace bere drink alcolici fruttati con lui. Sono un pochino sbronza, ma va bene. Brendan è abbastanza ragionevole per entrambi.

I nachos erano deliziosi e ne mangio più della mia parte. Vado piano con il secondo drink, voglio che duri. Niente terzo drink. L'ha detto Brendan. È lui l'esperto. Ho bevuto anche un bicchierone d'acqua. Probabilmente dovrò alzarmi alle tre per fare pipì.

«Allora, che cosa ti ha fatto desiderare di trovare una cura per il cancro?» mi chiede.

Mastico e ingoio. «È il flagello della nostra esistenza e voglio aiutare l'umanità. Tutto il mondo.» Mi pulisco la bocca con il dorso della mano. «Voglio dedicare la mia vita a quello.»

«Qualcuno vicino a te ne ha sofferto?»

«No. I miei genitori sono stati travolti da un autista ubriaco mentre camminavano sul marciapiede.» Mi volto quando resta in silenzio. Oh no, non quello, tutto ma non quello. Mi sta guardando con gli occhi compassionevoli. Gli metto la mano sugli occhi.

Lui sorride e, maledizione, è sempre stupendo. «Che cosa non vuoi che veda?»

«Non voglio vedere te, Brendan-bo-bendan.» Lascio cadere la mano, gli tolgo il filo di formaggio dalla barba e glielo porgo. Lui se lo mette in bocca. «Puah, i ragazzi sono così disgustosi.»

«Uomini.»

Rido. «Gli uomini sono disgustosi.»

«Mi hanno addestrato bene. Rimetto sempre a posto la tavoletta del wc.»

«Tua madre ti ha educato bene.»

«Vero, ma è mio padre il vero pignolo in fatto di buone maniere ed etichetta dato che era stato educato per diventare re. Seriamente, però, che cosa ti ha fatto decidere di diventare una ricercatrice sul cancro? Ci sono altri modi di aiutare l'umanità.»

Mi butto sull'ultimo nacho e lo tengo sospeso per un momento, sorpresa che me lo lasci prendere. «La scuola superiore dove studiavo aveva un corso di ricerca scientifica. Mi hanno abbinato con un mentore professionista che era coinvolto nella ricerca sul cancro. Ha acceso il mio interesse e più leggevo più capivo che era quello che volevo fare. È lo scopo della mia vita.» Mi ficco in bocca il nacho intero e mastico chiudendo gli occhi mentre i sapori dell'aragosta, del formaggio e della tortilla salata si fondono in bocca. *Fantastico.* Apro gli occhi e lo trovo che mi fissa. «Scusa, volevi tu l'ultimo?»

«Un po' tardi per chiederlo» mi risponde ridendo.

«Potremmo ordinarne ancora.»

«Sto bene così. È fico quello che stai facendo della tua vita.»

Annuisco. «Mi eccita particolarmente la ricerca sulle CRISPR. Ne hai sentito parlare? Praticamente modifica i geni. Stanno lavorando per impiegare il sistema immunitario del paziente stesso per combattere il cancro.»

«Non ne ho mai sentito parlare. Dimmi di più.»

E lo faccio. Posso parlare di roba biomedica per ore. E lui sembra veramente interessato e sta seguendo, facendo domande intelligenti. Non ho mai avuto nessuno in vita mia che mi ascoltasse parlare della mia passione, eccetto Sara.

Parliamo per ore, finché il bar chiude. Non sono più brilla dopo essere rimasta qui seduta così a lungo. Brendan mi ha parlato dell'impresa della sua famiglia, che si occupa di costruzioni e sviluppo immobiliare a Brooklyn. Sono cresciuta a Brooklyn quindi ne abbiamo parlato per un po', discutendo bonariamente sui posti migliori dove andare per la pizza, i bagel e tutti i tipi di cibo possibili e immaginabili. I quartieri di Brooklyn sono un melting pot di nazionalità. Lui è cresciuto in un quartiere molto più carino del mio. Sara ha fatto tutto quello che poteva per me, con due lavori e un misero assegno mensile che ci spediva nostro zio, dopo averci abbandonato per inseguire i suoi sogni a Nashville. Non ce l'ha mai fatta ad avere successo. Così impara. Non che sia amareggiata.

«Faccio venire un'auto» dice, prendendo il telefono.

Probabilmente stanno ancora giocando a poker al piano di sopra, ma il bar chiude per far fare una pausa al barista quando c'è poca gente.

Brendan si rimette in tasca il telefono. «Vuoi aspettare fuori o qui?»

«Usciamo.»

Prendiamo le nostre giacche e andiamo verso l'uscita. Adesso Brendan è silenzioso e sembra serio. Di colpo mi preoccupo di aver parlato troppo. «Va tutto bene?»

«Sì.»

«Ho parlato troppo della mia ricerca?»

Lui scuote la testa, rivolgendomi un sorriso. «Per niente.»

Mi mordo il labbro. Ho decisamente parlato troppo. Penso di averlo annoiato a morte. *Bel modo di fargli passare un bel momento, Chloe. Fargli una testa così parlando dei tuoi interessi.* Avrei dovuto chiedergli di più di lui.

Brendan apre una delle porte a vetri ed esco nella fresca aria notturna. Le stelle sono brillanti nel cielo scuro, la luna splende quasi piena. Aspetto che mi raggiunga. Sto per chiedergli che cosa gli piace di più del suo lavoro quando mi sorprende: «Sono veramente impressionato da te, Chloe. Lascerai la tua impronta e aiuterai tanta gente. È... sei straordinaria».

Ho le guance rosse per il complimento e guardo in basso, imbarazzata. «Non sono niente di speciale. C'è un mucchio di gente che fa questo tipo di lavoro.»

Lui mi alza il mento. «Sei eroica. Hai scelto una causa nobile.»

Mi manca il fiato e ho il cuore che batte fortissimo. «Grazie.»

Lui lascia cadere la mano e si volta. Sono sorpresa da quanto mi senta delusa.

«Che cosa ti piace del tuo lavoro?» gli chiedo.

Lui scuote la testa. «Non è come il tuo, questo te lo posso dire. Sono cresciuto con l'impresa di famiglia. Non ho mai preso in considerazione di fare qualcosa di diverso.»

«Non ti piace?»

«Non è così. Mi piace. Mi piace lavorare con i miei fratelli e la squadra. Non posso lamentarmi.»

«Qual è la cosa che ti piace di più?»

«Mi piace lavorare con gli attrezzi. Di recente ho cominciato a cercare le proprietà da sviluppare.»

«Anche questa è una bella cosa. La gente ha sempre bisogno di un posto dove vivere e lavorare.»

«Sì, immagino» mormora.

Merda. Pensavo stessimo passando insieme una serata divertente ma adesso mi sembra depresso perché pensa che il mio lavoro sia importante e magari il suo no. «Tutti fanno ciò che sanno fare» dico. «Io farei schifo con un trapano in mano o qualunque cosa sia che facciate con un tubo e avrei troppa paura di toccare un cavo elettrico.»

Lui ridacchia. «Sei dolce, ma c'è un mucchio di gente che potrebbe fare il mio lavoro.»

«Anche il mio.»

Lui scuote la testa, incredulo.

«È vero. Nessuno lavora in una bolla. C'è una comunità scientifica globale, esattamente come c'è un'intera comunità di gente che si dedica alle costruzioni. Il mondo ha bisogno di tutti i tipi di persone e di tutti i tipi di lavori.»

Lui sorride. «Quando cominciavo a pensare che non fossi una focosa testa rossa, mi mostri un po' del tuo spirito.»

Lo fisso, cercando una risposta arguta e non trovandola. Sono bionda e non c'è niente di sbagliato in quello. È così fissato per le rosse. Forse una ex?

Arriva la nostra auto, una Mercedes color argento e l'autista scende per aprire la portiera per noi. «Grazie, Eli» dico. Sono stata qui abbastanza spesso da conoscere gli autisti.

«Prego» mi risponde lui con calore.

Una volta seduti sul sedile posteriore, Brendan sembra rianimarsi. «Immagino che tu studierai ancora un po' stasera, eh?» Mi sta di nuovo prendendo in giro. Voglio dimostrargli che ha torto. Posso divertirmi per un lasso di tempo più lungo. O almeno per due giorni della mia vacanza di tre settimane.

«No. Non stasera.»

«No?» mi chiede con il sorriso nella voce. «Ma Chloe, è passata mezzanotte. Non ti trasformi in una zucca?»

«Stai cercando di farmi imbufalire?»

«È piuttosto divertente sentirti all'altezza del colore dei tuoi capelli.»

Afferro le punte dei miei capelli lunghi fino alle spalle e le sollevo. «Che cos'è questa storia di te e le rosse?»

Lui finge di artigliare l'aria. «Sono appassionate.»

«Io posso essere appassionata. Il sesso è solo biologia ed è completamente naturale. Non ho assolutamente complessi o inibizioni.» *È un fatto.*

«Sei ancora brilla?» La sua voce sembra soffocata.

«No, sembra sia passato. Mi sono divertita stasera. Sarai ancora qui domani?»

Lui fissa diritto davanti a sé. «Parto domani mattina presto.»

Oh, immagino che sia un addio. Maledizione, non voglio che finisca il divertimento.

Studio il suo profilo. Ha le mascelle serrate ma poi mi lascio distrarre dalle sue labbra sensuali. Ho la fortissima tentazione di toccare la sua barba corta. È morbida o ruvida? Che cosa proverei se la strofinasse contro di me? Non ho mai baciato un uomo con la barba.

Mi tornano in mente le parole che aveva pronunciato Brendan: *Sarebbe come baciare una cugina. Completamente sbagliato.*

Mi volto, guardando fuori dal finestrino. Devo smetterla di sbavare per lui. Stasera si è comportato più come un fratello maggiore iperprotettivo che non come un uomo che mi desidera.

Restiamo in silenzio per il resto del viaggio, ma è un silenzio pesante, quasi come se ci fosse una domanda che aleggia nell'aria: il divertimento continuerà? O forse sono solo io. Non sono pronta a mettere fine al nostro tempo insieme.

Una volta nel palazzo, andiamo verso le scale che portano alle nostre stanze, ancora in silenzio. Lo colgo che mi guarda un paio di volte, probabilmente perché anch'io rubo qualche occhiata.

Arriviamo prima alla sua stanza. Lui si ferma davanti alla sua porta. «Mi offrirei di accompagnarti alla tua stanza, ma mi hai detto che te la puoi cavare da sola. Prima, intendo dire.»

Osservo i suoi lineamenti, le ciglia folte che incorniciano gli occhi del più azzurro degli azzurri. Ha una cicatrice accanto al sopracciglio destro, una linea sottile. L'unica imperfezione visibile. Di colpo ho voglia di strappargli di dosso i vestiti e controllare se ne ha altre. *Oh mio Dio. Datti una calmata.*

Comunque, partirà domani mattina e non lo vedrò più.

No, ha detto che saremmo rimasti amici. Solo, è talmente sexy che mi fa sentire calda dappertutto.

«Buonanotte, Chloe. Ci vediamo in giro a Villroy.»

Mi strofino il collo. «Sì, ci vediamo.» Faccio un passo indietro anche se tutto in me vorrebbe avvicinarsi.

Vaffanculo.

Faccio un passo avanti, gli afferro la testa e lo bacio.

Lui non ricambia. Per niente.

Lo lascio andare, con il volto in fiamme. «Scusa.»

«Sì» borbotta, afferrando la maniglia alle sue spalle e aprendo la porta. «Notte.»

E poi sparisce.

Mi copro la faccia con le mani, così mortificata da non riuscire a muovermi. *Che cosa c'è che non va in me?*

Lascio cadere le mani e guardo nel vuoto. Diavolo, è stato un buon amico per me quando ne avevo bisogno. Non ho imparato la lezione con Michael? Gli scopamici non esistono. Si rovina solo l'amicizia.

Mi affretto lungo il corridoio verso la mia stanza. Posso solo sperare di non doverlo più rivedere fino al prossimo Natale. Resterò incollata al fianco di Sara per l'intera durata della visita. Non sopporterei di rivederlo a faccia a faccia di nuovo. Spero che un intero anno sia sufficiente per fargli dimenticare del tutto il bacio indesiderato.

6

_____

Sei mesi dopo

Brendan

Vivere da solo non mi piace quanto pensavo. Per tutta la mia vita ho vissuto con un fratello o un altro. Il mio attuale coinquilino, Beast, sta curando la casa di nostro fratello Sean e di sua moglie Josie, l'attrice, mentre loro sono a Vancouver per un film che lei sta girando. Un qualche tipo di mistery, in cui lei recita la parte di uno dei sospettati. È tutto ciò che può dirci. Comunque non posso biasimare Beast per aver accettato la loro offerta di badare alla loro casa. Vivono in una casa di lusso di arenaria nel quartiere di Park Slope di Brooklyn. Hanno una sala video con un enorme schermo che scende dal soffitto con tanto di telecomando. Quindi sono solo io un sabato pomeriggio, che guardo la TV cercando di non immalinconirmi per il fatto di essere da solo.

La mia mente corre a Chloe, come fa spesso nei momenti di quiete. Okay, sono abbastanza uomo da ammetterlo: non mi ero mai divertito tanto con una donna come quel Natale a Villroy. Ecco. L'ho detto. (Mentalmente, nessuno ha bisogno di sapere questa roba imbarazzante.) Non so perché continui a pensarci, visto quanto siamo diversi. Cioè, sì, è maledettamente carina da guardare e ammiro anche il suo cervello. La cosa migliore di una donna intelligente è che si può contare sul fatto che avrà un'opinione razionale, ragionata sulle cose, invece di grandi scoppi di scomode emozioni. Non mi tirerebbe mai una scarpa col tacco a spillo sulla testa mentre piange calde lacrime per me, come qualcuno: *Mallory*.

Al contempo, ho respinto Chloe per un buon motivo. Andarmene da lei quella sera è stata la cosa più difficile che abbia mai fatto.

Comunque mi ritrovo a chiedermi come sta. Ho controllato come si fa a entrare nella facoltà di medicina di Harvard. Ha avuto un buon risultato nel test di ammissione? È felice? È single?

Non sono affari miei.

Mi alzo dal divano, irrequieto. È un'assolata giornata di giugno. Dovrei andare a fare una corsa, bruciare un po' di calorie in previsione di bere al bar questa sera. Dovrò vedere più tardi chi c'è in giro. Prendo le sneakers dalla camera, mi siedo ai piedi del letto, le allaccio. Strano come di recente trovi poco invitante la scena del rimorchio al bar.

Apro la porta e saltello scendendo la scala proprio mentre qualcuno sta salendo con una pila di scatole impilate più in alto della sua testa. È decisamente una donna a giudicare dalle mani piccole.

«Lascia che ti aiuti» dico.

Lei si ferma e sbircia intorno alle scatole. «Ce la faccio.»

Mi blocco. I capelli sono biondi, ma conosco quella faccia. Quegli occhi verdi, i lineamenti delicati, l'arco di cupido del labbro superiore. «Chloe?»

«Brendan?»

«Che ci fai qui?» diciamo contemporaneamente.

Mi metto a ridere. «Io vivo qui.»

«Anch'io. Solo per l'estate.»

Prendo le due scatole in cima, lasciandogliene solo una e torno a salire le scale. «Secondo o terzo piano?»

«Secondo.»

Sento una scarica di adrenalina. È dove vivo io. Ci sono quattro appartamenti al secondo piano e i miei vicini di casa, una coppia, sono partiti ieri per passare l'estate nella casa della famiglia del marito in Italia. Chloe si sta trasferendo proprio alla porta accanto.

Oh, diavolo!

Le domande si affollano nella mia mente, com'è finita nel mio quartiere? Che cosa farà quest'estate? Si ricorda ancora quel bacio?

«Sapevi che abito qui?» le chiedo.

Mi guarda stupita. «No. Ha pensato Sara a cercarmi un appartamento. La coppia che vive qui è andata in Italia per l'estate.»

«Sì. Sono i Marchetti.»

Come farò a resistere alla tentazione quando lei è proprio qui?

Mi rammento perché le ho resistito allora. I nostri legami di famiglia. È probabilmente il motivo per cui è finita qui. Mio cugino Phillip è quello che ci ha fatto sapere di questo palazzo. Il proprietario è un suo amico. Phillips conosce praticamente tutti dato che è l'ambasciatore delle Nazioni Unite per l'acqua pulita. Scommetto che Sara ha scoperto dell'appartamento libero tramite suo marito, che l'aveva chiesto a suo fratello.

Va male. Non ci deve essere un altro motivo di scontro tra i Rourke di Villroy e quelli di Brooklyn. Non essere più benvenuto nel suo regno ucciderebbe mio padre. Quando ti crescono per diventare il re, il regno è tutto per te.

Mi fermo davanti alla sua porta e aspetto che la apra. «Io vivo alla porta accanto.»

Lei continua a concentrarsi sulla porta, ma non posso fare a meno di notare che si è irrigidita. «Il mondo è piccolo.»

«C'è di mezzo la famiglia. È stato Phillip a parlarci di questo palazzo. Ed è probabilmente così che ne ha sentito parlare Sara.» La seguo all'interno e appoggio le scatole. Lei mette la sua vicina alle altre, toglie il laptop dalla spalla e lo appoggia sopra il tavolino di legno chiaro.

Mi strofino le mani. «C'è qualcos'altro?»

«Solo la mia valigia.»

«Ci penso io.» Scendo e prendo la grande valigia nera con

le ruote dall'atrio dove l'aveva lasciata. Non riesco a credere che vivrà alla porta accanto. Dovrò ignorarla? Ma se volesse passare del tempo con me, da amici, come avevamo fatto a Villroy? Se lo chiederà non potrò essere scortese, specialmente dopo aver respinto il suo bacio mentre avrei tanto voluto andare fino in fondo. È questo che succede quando si fa la cosa giusta, poi ti scoppia in faccia. *E tu pensavi che quello fosse un test di forza di volontà? E adesso questo che cos'è?*

Spingo la porta che è rimasta aperta e le porto dentro la valigia. È un appartamento con una sola camera e per caso so che la sua stanza da letto condivide una parete con la mia. Diciamo che ho sentito il letto della porta accanto che scricchiolava quando gli sposini si davano da fare. Avevo dovuto comprare dei tappi per le orecchie.

Chloe si guarda attorno e sembra che l'appartamento le piaccia. È accogliente, con un divano beige, un paio di poltrone e tavoli assortiti. Sulle pareti c'è una serie di grandi fotografie in bianco e nero del matrimonio dei Marchetti in Italia. Roba di classe.

«Allora, che c'è di nuovo?» le chiedo.

Lei allarga le braccia. «Non molto. Lunedì comincerò lo stage in un laboratorio.»

«Quanto durerà lo stage?»

«Otto settimane. Poi andrò a trovare Sara a Villroy finché sarà ora di tornare al college.»

Otto settimane. Sufficienti per impegolarsi con qualcuno. Se si cerca una relazione, cioè. Cosa che io non cerco. Il vero problema, qui, è che otto settimane sono un tempo abbastanza lungo da essere fin troppo tentati di superare quella linea. Cosa che non ho intenzione di fare.

È ancora in contatto con il suo ex psicopatico? Quello che mi ha minacciato di morte se l'avessi toccata? A chi importa? Non è che verrà fino a Brooklyn per uccidermi. Ne sono abbastanza sicuro.

Scende un silenzio imbarazzato tra di noi mentre cerco di trovare la cosa giusta da dire alla donna che ho tentato in tutti modi di dimenticare.

«Com'è andato l'ultimo semestre al college?»

Lei si arrotola sul dito una ciocca dei capelli biondi lunghi fino alle spalle che sembrano così morbidi e guarda la porta. «Bene.» Vuole che me ne vada?

«Il test di ammissione è andato bene?»

Lei piega la testa di lato. «Sai che c'è un test di ammissione?»

«Sì, lo ha fatto un amico» borbotto, mentendo spudoratamente. Non conosco nessuno che abbia studiato medicina, a parte il mio medico, ovviamente. Ma non gli ho mai chiesto qual era stato il percorso. Vabbè...

«Sono soddisfatta del mio punteggio» dice, unendo le mani davanti a sé.

Le guardo le mani unite e lei le sposta, portandosele dietro la schiena. Indossa una canottiera verde smeraldo, jeans e Keds bianche. Proprio come la ricordavo a Villroy. Le piace proprio la combinazione canottiera/jeans, anche se laggiù aveva aggiunto un cardigan. Mi cade lo sguardo sull'incavo tra le clavicole, la linea del collo, la mandibola delicata.

Mi rendo conto di colpo che la sto fissando da troppo tempo e che non sto partecipando alla conversazione. «Bene. Bene. Hai fame? Potremmo...» Indico la porta.

«Non proprio. Ho pranzato un paio d'ore fa.»

Annuisco. È logico. È pomeriggio. «Ti serve aiuto per svuotare le scatole?» Ehi, sono solo il vicino di casa servizievole.

Lei incrocia le braccia e poi le lascia cadere. «Sono solo le mie ricerche e i miei quaderni. Posso farcela da sola.»

Mi strofino la nuca. *Perché è così difficile?* È solo una donna con cui ho passato amichevolmente un po' di tempo. Un'amica. La mia unica e sola amica donna, da sempre. «Allora, sono proprio alla porta accanto. Bussa se ti serve qualcosa.»

«Okay.» Va verso la porta.

Immagino sia il mio segnale per andarmene.

«Ci vediamo.» Ed esco.

Poi resto lì un attimo in corridoio, con la testa che gira. Più imbarazzante di così... Devo capire come essere un buon vicino per lei. Non voglio passare l'estate ad ascoltare ogni minimo suono proveniente dal suo appartamento, pensando a ciò che sta facendo o con chi lo sta facendo.

Merda. Sarò obbligato a sentirla quando si porterà a casa un uomo?

Scendo dabbasso, più agitato a ogni passo che faccio. *Non funzionerà.* Devo inventarmi qualcosa al più presto.

Mi chiedo se potrei trasferirmi da Beast. No. Sarebbe da codardi. Questa è casa mia. E Chloe Travers non mi obbligherà ad andarmene. Per quanto le cose possano diventare imbarazzanti.

~

Chloe

Vado verso il cucinino, stordita. Brendan Rourke. Il tizio che speravo di non vedere a faccia a faccia ancora per un lunghissimo tempo, abita qui, proprio alla porta accanto. Prendo un bicchiere con una mano tremante e mi verso un po' d'acqua dal rubinetto. È stato così fottutamente imbarazzante. Dev'essersi ricordato di quel bacio indesiderato. Sono così... mortificata. Probabilmente sta pensando: *Merda, la donna che mi sbava dietro è proprio qui alla porta accanto. Adesso dovrò schivare le sue avance per tutta l'estate.*

Se solo sapesse. Dopo un'attenta riflessione, ho concluso che il motivo per cui lui è la mia fantasia d'elezione con il mio vibratore, Blaze, è perché la mia mente ha immaginato una diversa conclusione di quella sera a Villroy. Puramente per autodifesa. Nella mia versione di fantasia, lui mi restituiva il bacio e mi tirava nella sua stanza. Seguono molti orgasmi. *Grazie, Blaze.*

Espiro bruscamente. Nessuno deve saperlo, specialmente il mio nuovo vicino. Il fatto che mi venga regolarmente in mente, con i suoi scintillanti occhi azzurri, il sorriso pronto e la fossetta affascinante, è facile da capire. È stato una nota positiva durante un lungo tempo solitario e vulnerabile, durante le vacanze. Un'altra teoria è che quando lavoro troppo, come nell'ultimo semestre, la mia mente torna all'ultima volta in cui mi sono divertita. Era così spassoso. Due teorie plausibili per spiegare perché sembra che non riesca a dimenticarlo. Ha senso, se lo si considera in modo razionale. Beh, adesso non c'è modo di dimenticarlo. È proprio *qui*.

Sara sapeva che viveva in questo palazzo?

Le mando in fretta un messaggio per farle sapere che sono arrivata. Poi le chiedo di Brendan.

Sara: *Brendan chi?*

Non lo sapeva. È stato il legame familiare attraverso Phillip, proprio come aveva detto Brendan.

Io: *Brendan Rourke vive alla porta accanto.*

Sara: ...

Probabilmente sta controllando con Adrian. È sera a Villroy e questo significa che sono entrambi al lavoro al casinò che possiedono e gestiscono insieme.

Sara: *Adrian dice che probabilmente è per via di Phillip. Il proprietario dell'edificio è amico di Phillip. Bello, comunque, giusto? Hai passato un po' di tempo con Brendan a Villroy il Natale scorso. Amicizia istantanea.*

Non le ho mai parlato della mia avance indesiderata. Troppo imbarazzante.

Io: *Sì, abbiamo già passato del tempo insieme.*

Sara: *Perfetto! Almeno adesso so che non sarà tutto lavoro e niente divertimento quest'estate. Divertiti! Digli ciao da parte mia e di Adrian. Devo andare. Ti voglio bene.*

Scrivo un frettoloso *Ti voglio bene anch'io* e rimetto il telefono sul tavolino. Guardo verso la parete che ho in comune con l'appartamento di Brendan, con l'adrenalina in circolo. Devo distrarmi. Qualche minuto dopo sono immersa nelle ricerche e nei quaderni mentre svuoto le scatole. Sono stata fortunata, sono riuscita a ottenere uno stage di otto settimane centrato sulle dinamiche genomiche del cancro in un centro affiliato con la NYU, in città. Quest'estate sarà dedicata al lavoro. Farò la mia ricerca, passerò un po' di tempo a preparare le mie domande alle varie facoltà di medicina e studierò per portarmi avanti per il prossimo semestre. È importante, visto il mio pesante carico di corsi. Il mio vibratore avrà parecchio lavoro da fare, ma, ehi, almeno, una volta fatto,

Blaze non mi distrae. Si è guadagnato il nome di Blaze, incendio, per la bruciante corsa verso il completamento. In effetti lo userò stanotte, giusto per allentare la tensione.

Sentendomi un po' meglio, organizzo lo spazio per studiare usando una lunga console coperta di foto incorniciate dopo averle spostate su alcuni dei tavolini sparsi nel soggiorno. Appendo i miei abiti da lavoro nell'armadio in camera, qualche gonna e blusa che posso abbinare a piacere e ripongo il resto dei miei vestiti nei due cassetti che mi hanno lasciato liberi.

Una volta finito di sistemare la mia roba, esco a fare la spesa e poi torno nel mio nuovo appartamento. Non è molto lontano da dove sono cresciuta, quindi mi sento a mio agio da queste parti. Ripongo la spesa, mi siedo sul divano e cerco di decidere che cosa fare per primo. Preparare la cena? Rivedere le pubblicazioni della direttrice della ricerca per cui lavorerò? O mi occuperò del problema che vive nell'appartamento accanto?

Devo chiarire le cose con Brendan. Lo sonderò, cercherò di capire se ricorda quel bacio e, se è così, gli assicurerò che non si deve preoccupare. Forse fingerò di essere stata ubriaca quella sera. No, sono piuttosto sicura di avergli detto che la sbronza era passata alla fine della serata. Perché sono così franca e sincera tutte le volte? È una maledizione. Decisamente non ho intenzione di frequentarlo quest'estate, rischiando di dar corso ai miei indesiderati impulsi libidinosi. È troppo attraente per torturarmi in quel modo. Devo solo smettere di preoccuparmi dell'elefante nella stanza. Giusto? *Pronti, via, si va alla porta accanto!*

Vado in cucina, rimandando il problema del vicino della porta accanto. È quasi ora di cena. Mi preparerò una scatola di maccheroni al formaggio con un'insalata. Trovo una pentola, la riempio d'acqua e la metto sul fornello. Sospiro. *Non me la sento.* Ho fame, ma non sono in vena di cucinare. Potrei ordinare qualcosa. Riceverò uno stipendio per il mio stage e non ho altre spese quest'estate. Sara ha pensato all'affitto, dicendo che fa parte della mia educazione. Si è presa cura di me per tutta la vita, ma adesso che ha una sua famiglia sono decisa a pagare io la facoltà di medicina, anche se significherà caricarmi di un grosso debito studentesco. Lei ha Henry, adesso, e dovrà pensare alla sua educazione.

Cammino avanti e indietro nell'appartamento, cercando di trovare il coraggio di affrontare il tizio alla porta accanto. È solo un uomo. Non dev'essere questo gran problema.

Andrò a fare una passeggiata.

A metà strada verso la porta sento un rumore in corridoio e mi fermo, con il cuore che comincia a correre. È Brendan? Non posso uscire adesso. Sembrerebbe che stessi cercando di imbattermi in lui.

Mi passo entrambe le mani tra i capelli e chiudo gli occhi. È una follia. *Non fare la femminuccia.*

Bussano alla mia porta, sorprendendomi. È lui? Dev'essere qualcuno che vive nel palazzo. Altrimenti avrebbero dovuto farsi aprire usando il citofono. Forse Brendan ha avuto la stessa mia idea, di mettere le cose in chiaro. L'imbarazzo era alle stelle. Deve averlo notato.

Vado alla porta e guardo dallo spioncino.

È lui.

Apro la porta. «Ciao.» È tutto quello che riesco a dire.

Brendan si appoggia allo stipite e incrocia le braccia, con la t-shirt azzurra aderente stretta sui bicipiti. I suoi avambracci sono muscolosi, con le vene in vista. E indossa jeans sbiaditi. Mi piacciono i jeans sul sedere di un uomo. Già, la mia libidine insiste. È così imbarazzante.

Lo guardo negli occhi azzurro cielo che scintillano diabolici. Ha un accenno di sorriso sulle labbra, la fossetta appena visibile attraverso la barba corta. Proprio come ricordavo.

«Ehi» dice lui.

«Ehi.»

Sta andando proprio bene.

Faccio un respiro profondo. «Allora» dico nell'esatto momento in cui lui dice: «Pensavo...».

«Parla tu» diciamo contemporaneamente.

Rido un po'. «È strano, vero. Giuro che non sapevo che vivessi qui.» Alzo le mani. «Non è necessario che sia imbarazzante. Sono perfettamente in grado di stare per conto mio. Non saprai nemmeno che sono qui.»

Lui si raddrizza. «Non hai bisogno di nasconderti o roba simile.»

Mi mordicchio il labbro inferiore. Non so se parlare o meno del bacio indesiderato e assicurargli che non lo rifarò più. Magari l'ha dimenticato?

Tra di noi scende un silenzio imbarazzante.

Lui guarda oltre la mia spalla, si volta e guarda di nuovo. «Che cos'è quello?»

Guardo indietro. «È il mio spazio per lo studio.»

Lui fissa. «Che cos'è quell'orribile cosa con la faccia grinzosa e i capelli azzurri che sparano verso l'alto?»

Rido. «È la mia bambola troll. Sono dei portafortuna. Viene con me dovunque vada.»

Brendan ha un sorrisino sulle labbra. «Bambola troll, eh? Come si chiama?»

«Kablum.»

Lui mi rivolge un sorriso che gli illumina tutto il volto. «Perché sembra che i suoi capelli siano andati *kablum*.» Spalanca gli occhi e imita un'esplosione con le dita intorno ai suoi capelli.

Arrossisco. «Già e ho pensato che fosse carino incorporare il colore blu nel suo nome.»

Lui mi fissa per un momento. «Tu e Kablum vi siete sistemati per un'estate di studio, bambola?»

M'innervosisco. Mi aveva chiamato bambola parecchie volte quella sera al bar a Villroy e significa che ricorda l'incidente che sto disperatamente cercando di dimenticare. Fallimento della tentata seduzione. Devo affrontare la faccenda in modo maturo e responsabile. Poi potrò mettermela alle spalle.

Indico vagamente dietro di me. «Sì è il mio modo solito, più il lavoro al laboratorio, naturalmente. Quell'ultima sera a Villroy ero impazzita. Io non bevo mai. Non ero completamente in me.»

Il suo sguardo scende sulle mie clavicole. «Lo ricordo.»

«Già. Ah-ah! Notte selvaggia. Comunque, devo tornare in modalità studio.»

Lui alza lo sguardo e i suoi occhi più azzurri dell'azzurro mi fanno mancare il fiato. Vorrei tanto non essere attratta da lui. Spero che non riesca a capirlo.

«Ti lascio studiare» dice, alzando una mano per salutarmi.

Mi ricordo un po' in ritardo che aveva cominciato a dire qualcosa prima del mio sproloquio sul *non preoccuparti della donna vogliosa alla porta accanto*. «Che cosa avevi intenzione di dirmi prima? Ti ho interrotto. Quando sei arrivato hai detto "Pensavo" e poi ho cominciato a parlare io.»

Le sue mascelle si muovono per un attimo, prima che dica. «Niente.»

«Ma ci sarà un motivo per cui sei venuto qua, no?»

Lui stringe le labbra e scuote la testa, negandolo. «Ci vediamo» borbotta, voltandosi e uscendo.

Incrocio le braccia sul petto. Che strano. E non penso di essere stata solo io a metterlo in imbarazzo. Che cosa gli passa per la testa?

7

Brendan

Torno nel mio appartamento, accendo la TV e mi butto sul divano. È stato strano. Avevo pensato di mettere le cose in chiaro in modo che non fosse imbarazzante tutte le volte che ci saremmo visti. Avevo in programma di dirle che quest'estate sarei stato super occupato, ma di farmi sapere se le fosse servito qualcosa. Da buon vicino, non troppo amichevole. Volevo mettere in chiaro che cosa doveva aspettarsi, in modo che non credesse che avremmo passato del tempo insieme come avevamo fatto a Villroy. Non me la toglierò mai dalla testa se passo le prossime otto settimane con lei. Sarebbe praticamente come vivere insieme.

Comunque sembra che sarà lei quella super occupata, tra il lavoro e studiare con Kablum. Sorrido senza volerlo. Non mi aspettavo che avesse una bambola, di nessun tipo, specialmente non un troll brutto come il peccato. Probabilmente pensa che sia carino. Chissà che cos'altro le piace?

Spengo la TV, disgustato, ed esco in fretta. Manderò un messaggio a Beast per vedere se è casa. Forse potremmo andare a mangiare un boccone. Segretamente, spero che abbia voglia di cucinare. Il mio fratellino è praticamente uno chef tanto è bravo e mi mancano le grandi cene che preparava quando viveva con me. Ok, non è piccolo e ha solo due anni meno di me, ma devo rompergli le balle. È così che facciamo. Quel ragazzo sa cucinare le cose più favolose. Parlo di chili, enchiladas, tortellini fatti in casa con una salsa alla panna, paella, bistecche con il purè di patate. Non so dove abbia imparato a cucinare così. Dice che ha solo preso qualche ricetta online e ha cominciato a vedere come andava. Scommetto che ha fatto un corso di cucina. Dovreste vederlo con il coltello – zac, zac, zac – come un maestro.

Esco e ricevo il suo messaggio. *Vieni.*

Mezz'ora dopo, salgo le scale della casa di arenaria a Park Slope e suono il campanello. È la casa di mio fratello Sean e di sua moglie, Josie. Beast se ne prende cura in loro assenza. Apre la porta con un grembiule rosso sopra la t-shirt grigia e i jeans. «Tempismo perfetto. Sto preparando le enchiladas.»

Ho l'acquolina in bocca. «Favoloso.» Lo seguo al piano di sotto, in cucina, dove c'è una grande isola centrale con sgabelli girevoli con lo schienale di ferro battuto a fiori e tralci. Questo posto è così fico. So che Sean ha fatto la maggior parte del lavoro di restauro e ristrutturazione, ma è Josie che ha pensato all'arredamento. Con due film alle spalle, adesso ha un sacco di soldi. Non mi meraviglia che Beast accetti di curare la casa per loro. Gli elettrodomestici della cucina sono di alta gamma, diversamente da quelli nel nostro appartamento.

Apre il frigorifero e prende una birra per me, la apre e me la porge.

«Grazie.»

Lui beve un sorso della sua birra e torna al fornello, mescolando qualcosa.

Fisso le sue spalle massicce. «Stai ancora facendo pesi?» Ha dovuto lasciare a casa nostra i bilancieri.

Lui gira la testa. «Sì. Sean ha i pesi nel seminterrato.»

Mi metto le mani a coppa intorno alla bocca. «Bee-ee-ast.»

«Sì, sì. Fammi causa perché mi piace restare in forma.»

Penso se è il caso di parlargli della mia nuova vicina di casa. L'ha conosciuta a Villroy, ma poi, che cosa potrei dirgli? La bella rossa vive alla porta accanto e siamo amici, ma non proprio. Mi chiederebbe perché non mi faccio avanti, visto che ne avevo parlato come se mi interessasse. Come faccio a spiegargli che un rapporto casuale non funzionerebbe, visti i legami di famiglia e che non posso rischiare di incasinare una relazione? Non so nemmeno come si fa ad avere una relazione.

Non ne ho mai avute. E chi potrebbe dimenticare il suo ex assassino psicopatico? Sono sicuro che lo rivedrò durante la mia prossima visita a Villroy. Magari anche con Chloe intorno. Si torna ai legami familiari.

Non ho intenzione di parlarne.

Bevo un sorso di birra. «Che cosa fai stasera?»

«Più tardi andrò in un bar con i ragazzi per giocare a biliardo.» Spegne il fornello e prende una lunga teglia da un armadietto nell'isola. «Il prossimo fine settimana, i ragazzi e io andremo a un festival musicale nel Delaware.» Gli piace veramente girare per i festival musicali. E incontra sempre un mucchio di donne.

«Bello.» Potrei unirmi a loro per giocare a biliardo. Conosco i suoi amici, ma non sono dell'umore giusto per la scena dei bar. Sono amico con un paio di ragazzi della squadra e di solito andiamo a qualche festa underground in città – alcune sono veramente scatenate – ma non mi attira nemmeno quello.

Bene, non resterò seduto a casa con *lei* alla porta accanto mentre studia con quel suo cervellone. Scommetto che sarà a casa tutte le sere a studiare e questo significa che dovrò uscire *io* tutte le sere. Mi sento stanco solamente pensandolo. A volte un uomo vuole solo restare a casa con una birra a guardare la partita.

«Indovina chi si è trasferito alla porta accanto?» dico a voce più alta di quanto intendessi.

Lui smette di fare uno strato di enchiladas e mi fissa. «Mallory?» È la mia ex che aveva pianto calde lacrime dopo la nostra qualunque cosa fosse, durata tre settimane. Pensavo si trattasse solo di sesso casuale. Lei pensava che fosse una relazione. Un incubo.

«No» dico. «Cavoli, sarebbe orribile. Roba da stalker.»

«Sembri agitato. Lei è l'unica donna che tu abbia mai menzionato che sembri aver fatto impressione.»

«Sì, perché mi ha tirato una scarpa in testa.»

Lui ridacchia e si volta, continuando a coprire le enchiladas con la roba che ha allineato sul ripiano.

«Inoltre, come fai a sapere che è una donna che vive alla porta accanto?»

Lui non si prende nemmeno la briga di voltarsi. «Se fosse stato un uomo me l'avresti già detto. Invece stai menando il can per l'aia.» Volta la testa, con un sorrisetto sulle labbra.

Capisce bene la gente. Irritante da morire. «Okay. Va bene. È la cognata di Adrian.»

Lui non risponde, concentrato sul suo lavoro.

«La testa rossa di Villroy.»

«Uh-uh.»

Agito una mano. «Si è appena trasferita nell'appartamento accanto. E adesso devo sopportarla che studia lì per tutto il tempo.» Alzo la bottiglia, tracanno l'ottima IPA e sbatto la bottiglia sul ripiano. «Il palazzo è di un amico di Phillip, quindi c'è quel legame familiare che ci rende vicini di casa. Phillip non mi ha nemmeno avvertito. Dovrei chiamarlo.»

«Uh-uh.»

«Cioè, non è giusto. Siamo cugini. Quant'è difficile mandarmi un messaggio: *Indovina, Chloe Travers si sta trasferendo vicino a te per l'estate.* Seriamente!»

Silenzio.

Lo guardo mentre finisce di preparare il piatto e lo infila nel forno. Mette il timer, si volta, incrocia le braccia e mi inchioda con un'altra occhiata maliziosa.

«Che c'è?» chiedo, già sulla difensiva.

«Forse Phillip crede che Chloe sia un personaggio losco? Un possibile elemento criminale?»

Storco la bocca. «No.» Mi sta prendendo in giro, ma lo capisco. Perché Phillip avrebbe dovuto pensare che fosse un problema fare un favore a un altro membro della famiglia? Probabilmente conosce Chloe meglio di quanto conosca me o i miei fratelli. «Comunque un preavviso sarebbe stato carino.»

«Qual è il problema? Sei agitato perché la tua vicina studia tantissimo?»

Agito di nuovo la mano. «Sarebbe stato meglio avere un preavviso, ecco tutto.»

Lui piega di lato la testa. «Ti ha respinto, vero?»

«No. Siamo amici.»

Lui sogghigna. «Giusto, perché tu hai un mucchio di amiche donne.»

«Fanculo. Potrei avere un'amica donna se lo volessi.»

Beast nasconde un sorriso dietro la bottiglia di birra e ne beve un sorso. «Lieto di sapere che ti stai evolvendo.»

Gli ficco un dito nel petto. «Sai, se non stessi cucinando le enchiladas me ne andrei.»

Lui va verso lo sgabello accanto al mio, lo estrae e si siede. «Parlami della rossa.»

«Adesso è bionda.»

«Ahi!»

«No, sta bene.» *È angelica.* Faccio una smorfia quando mi viene in mente un altro problema. «La sua camera ha una parete in comune con la mia.»

«E?»

«Quindi dovrò ascoltarla con dei tizi che si porterà a casa!»

«Ed è un problema perché...»

Lo guardo storto.

«Mmm... gli amici non permettono alle amiche di fare sesso con altri tizi?»

Gli do un pugno sulla spalla. «Stai zitto.»

«Okay. Hai il permesso di prendere la mia stanza finché tornerò. Sean ha detto che dovrebbe essere intorno a metà luglio. Problema risolto.»

«Non è solo quello.»

«Allora che cos'è, Romeo?»

Apro la bocca e la richiudo, senza riuscire a trovare le parole. Sono totalmente confuso riguardo a Chloe. So solo che sto passando fin troppo tempo pensando a lei.

«Brendan.»

Mi volto verso di lui. «Che c'è?»

«Chiedile semplicemente di uscire con te.»

«È complicato.» Bevo un lungo sorso di birra fredda. Devo mantenere Chloe a distanza di sicurezza. Il potenziale per conseguenze negative è troppo alto. Ma come faccio quando è così vicina?

Beast mi fissa per un momento e io lavoro sulla mia faccia da poker. Finalmente dice: «Hai fatto sesso con lei, vero? A Villroy». Si china all'indietro e incrocia le braccia sul suo torace massiccio. «Capisco che cosa sta succedendo qui. C'è la ragazza cui pensavi di aver detto addio per sempre che invece vive alla porta accanto, e adesso è imbarazzante. Non vuoi che si avvicini troppo perché si farebbe l'idea sbagliata e penserebbe che c'è qualcosa di più.»

«Non è successo niente a Villroy. Ti ho detto che siamo solo amici.»

Lui beve un sorso di birra. «Allora non ti dispiacerà se passo da voi e le chiedo di uscire, giusto?»

«No!»

Lui sorride e si china in avanti. «Beccato!»

«Non è divertente» gli dico con una smorfia.

Lui ridacchia. «In un certo senso sì.»

E non dice un'altra parola. Non ne ha bisogno. Lui sa e io so che sono ossessionato da Chloe. È la prima donna che ho veramente *ascoltato* e con cui mi è piaciuto parlare. Ho lo strano desiderio di renderla felice solo per vederla sorridere. È un desiderio più forte perfino dei miei impulsi libidinosi e non è il mio solito modus operandi. Il fatto è che mi importa abbastanza di lei da non volerle mettere il bastone tra le ruote. Lei si deve concentrare sui suoi studi. Farà grandi cose con la sua vita. Io sarei solo una distrazione.

E quello non è forse il motivo più importante per mantenere le distanze? Oltre alle possibili conseguenze familiari, il suo ex e il fatto quasi certo che incasinerei una relazione, in vita mia non farò mai niente di grandioso come farà lei. Ha chiarito che ha una lunga strada faticosa davanti a sé, senza spazio per una relazione. È il motivo per cui ha rifiutato la proposta del suo ex. Chloe ha una missione. E il mio compito è farmi da parte, mantenere libera la strada perché lei continui nel suo eroico viaggio.

L'unica soluzione logica per evitare la tentazione è di uscire il più possibile. Non stare mai in casa. Mi sento stanco solo al pensiero, ma è la cosa giusta da fare.

~

Chloe

È venerdì sera e sto cercando di rilassarmi dopo una stancante prima settimana di stage. Ovviamente sono semplicemente grata di far parte di qualunque ricerca in quel centro così specializzato. D'altro canto, il ricercatore capo, la dottoressa Ruhan, non mi conosce bene e mi ha fatto cominciare con il lavoro di routine più noioso. So che si deve cominciare dal fondo, che ogni persona che fa parte della squadra ha un ruolo importante, bla, bla, bla, ma facevo un lavoro più avanzato alle superiori. Lunedì spero di avere un momento per ricordarle le mie credenziali. Ho già pubblicato su due riviste mediche come co-autrice dei professori.

Appoggio la ciotola vuota di ramen sul tavolino e faccio zapping tra i vari canali. Sono irrequieta. Ci rinuncio e spengo la TV. Sento dei passi lungo il corridoio e aguzzo le orecchie. È Brendan? Non sembra stia molto in casa. Sono rimasta qui tutte le sere dopo il lavoro e non ho mai sentito un rumore alla porta accanto. Penso che esca tutte le sere. Non che siano affari miei.

Mi metterò a leggere. Ci sono tantissime ricerche pubblicate dal centro oncologico dove sto lavorando che non ho ancora letto. Prendo il laptop, un bicchiere d'acqua, mi rannicchio sul divano per un tuffo nella scienza. Tre articoli dopo, in effetti sono più tesa di quando ho cominciato. Magari un po' di musica mi aiuterebbe? Oppure potrei prendere Blaze e rilassarmi un po' con un bell'orgasmo. Ecco, questo mi pare un buon piano.

Vado in camera, chiudo la porta anche se ci sono solo io, mi tolgo i jeans e le mutandine e mi stendo sul letto. Mi sento già più rilassata. Prendo Blaze dal comodino e lascio che faccia la sua magia. *Ahhh, sì, così va bene.* Chiudo gli occhi, con il piacere che comincia a diffondersi. Mi appaiono nella mente occhi azzurro cielo e riapro di colpo i miei, allarmata. Brendan non può più fare parte delle mie fantasie. Vive proprio nell'appartamento accanto! Sto cercando di dimenticare che esiste! Chi altro ho? Faccio un veloce inventario mentale e decido per il tipo del film *Fast and Furious*.

Ahhh... così va molto meglio. Chiudo di nuovo gli occhi, sistemandomi sul materasso. Nella mente mi appare un sorriso sexy con una fossetta. *Il prossimo!* Una figura virile appoggiata al mio stipite, con le braccia incrociate, i bicipiti rigonfi. Okay, okay. Guardiamo in faccia alla realtà. È un po' che non sto con un uomo. È l'unico motivo per cui la mia mente continua a tornare a Brendan, l'ultimo con cui ho passato un po' di tempo. Non ho bisogno di un uomo. È per quello che ho Blaze.

Terrò semplicemente gli occhi aperti e mi concentrerò su Blaze. Un'invenzione meravigliosa per una donna indipendente. Ricominciamo. Torniamo alle cose serie. Fisso il soffitto, rifiutandomi di pensare a *lui*, aspettando che il piacere ritorni. Di questo passo, esaurirò le batterie. *Oh. Okay. Ci siamo.*

Sì. Sì. Sì. Più veloce, più veloce. Devo lasciarmi indietro i ricordi. Più potenza, Blaze.

Grido quando l'orgasmo mi travolge. Respiro affannosamente mentre torno lentamente alla realtà, abbassando la potenza del vibratore fino a spegnerlo.

Sento bussare forte alla porta e sobbalzo. Mi divido dal mio fidato boyfriend, salto fuori dal letto e mi rivesto in fretta. Le mutandine sono umide, ma che ci volete fare. Spero di non avere l'aspetto di una che si è appena masturbata.

Bussano di nuovo.

Dev'essere un vicino. *È lui?*

Che cosa sto facendo? Non posso aprire la porta subito dopo un orgasmo se è lui. Dirò che avevo le cuffie e non ho sentito bussare. La curiosità ha la meglio. Cammino in punta di piedi e sbircio dallo spioncino.

Brendan.

Mi tiro indietro in fretta, la caviglia nuda sbatte contro il bordo duro della gamba del tavolino. Strillo per il dolore e quasi perdo l'equilibrio ma riesco a raddrizzarmi.

«Chloe, va tutto bene?» mi chiede Brendan attraverso la porta. Sembra preoccupato.

Rabbrividisco. Adesso devo aprire la porta.

«Sì» dico a voce alta. «Solo un minuto.»

Mi liscio i capelli, faccio un respiro profondo e apro la porta. «Ehi, che succede?»

Brendan guarda immediatamente alle mie spalle. «Che cos'è successo?»

«Niente, ho sbattuto contro la gamba del tavolino.» Alzo la caviglia dietro di me, guardo indietro e la lascio cadere in fretta. C'è un sottile filo di sangue che esce dal graffio. A volte questi tagli superficiale fanno un male del diavolo. Tutte quelle terminazioni nervose che protestano, immagino.

Lui guarda oltre le mie spalle. «Ti dispiace se entro?»

«Prego.»

Brendan entra, ha i capelli scuri ancora umidi per la doccia. Odora di sapone e quel profumo di legni che quasi mi stordisce. T-shirt bianca aderente, jeans sbiaditi, sneakers. *Sta cercando di tentarmi? Perché a me sta bene una serata multi-orgasmica. Sbagliato. Sbagliato.*

Lui supera la cucina e guarda lungo il breve corridoio che porta alla mia stanza da letto. *Merda. Mi ha sentito? Sta cercando un tizio? Era una cosa in solitario! Mmm, non è molto meglio, vero?*

Fai l'indifferente. Magari non lo sa. Forse è solo curioso di sapere com'è la disposizione del mio appartamento rispetto al suo.

«Hai bisogno di qualcosa?» chiedo con fare indifferente.

Lui si ferma e si guarda intorno nella cucina, indicando il frigorifero. «Mi chiedevo se avessi anche tu un frigorifero antico come il mio. Avevo intenzione di menzionare al padrone di casa che sarebbe ora di passare a qualcosa di più nuovo.» Si mette le mani sui fianchi e fissa il mio frigorifero.

Mi sposto a disagio. «Sì, okay. Sarebbe una bella cosa.»

Lui si volta lentamente a guardarmi. «Già.» Si strofina la nuca. «Allora...» Esce dalla cucina con le sopracciglia aggrottate.

Lo guardo, aspettandomi che vada verso la porta, ma lui si ferma di colpo e si volta a guardarmi. Ha un sorrisino sulle labbra. «Stavi, uhm... allenandoti? Hai le guance e il collo rossi come un pomodoro.»

«Sì! Mi piace allenarmi dopo il lavoro. È così che mi sono fatta male alla caviglia.» Mi congratulo con me stessa per aver trovato una spiegazione completamente ragionevole. Oh, come sono brava.

«Sei sicura di star bene?» Si avvicina e mi mette la mano sulla fronte, le sue sopracciglia schizzano verso l'alto. «Chloe, stai bruciando.»

Non ho speranze. Si tratta di calore post-orgasmico, libidine e imbarazzo, un mix letale. Comunque insisto a negare. «Solo affaticamento. Stavo ballando.»

Lui inclina la testa. «Non c'è musica e quella notte al bar a Villroy hai detto che non balli.»

Grande! Menziona quella sera. Possiamo aggiungere ancora un po' di imbarazzo a questo momento?

Agito una mano con indifferenza, cercando qualcosa di credibile. «Era danza interpretativa. Non hai bisogno di musica. Non è ufficialmente riconosciuta come legittima forma di danza dalla... uhm... cultura della danza. Quindi, secondo quelli più esperti di me, tecnicamente *non* stavo ballando.»

Brendan incrocia le braccia, con gli occhi azzurri che scintillano divertiti. «Uh-uh. Che cosa stavi facendo veramente?»

Tento qualche mossa di danza interpretativa: lanciando un pugno in avanti e poi diritto in alto un paio di volte. «È la danza della vittoria del fine settimana. La mia compagna di stanza e io la facevamo sempre per festeggiare il venerdì sera.»

Le sue labbra si curvano in un sorriso sexy. «Devo proprio conoscere questa compagna di stanza.»

«È tornata in Texas per l'estate. Ci sono solo io. Allora che cosa c'è di nuovo?» Sto quasi saltellando sulle punte dei piedi. Sono su di giri per i miei recenti "sforzi" e il fatto che Brendan sia qui, con quel suo sorriso sexy rivolto a me. Non che abbia intenzione di saltargli addosso o roba simile. Già fatto e ho per sempre l'imbarazzante ricordo che vorrei dimenticare.

Brendan si avvicina e mi manca il fiato. «Che cosa hai intenzione di fare domani sera, ragazzaccia?»

«Non lo so. Che cosa faremo?»

Lui mi rivolge un sorriso che mi toglie il fiato del tutto. «*Tenteremo* di cucinare i tortellini fatti in casa. Una volta li ha preparati Beast. È la cosa migliore che abbia mai mangiato e dato che nessuno dei due è granché in cucina, penso che insieme potremmo capire come fare.»

Avevamo parlato della nostra mancanza di capacità in cucina quando eravamo a Villroy. Avevamo parlato di un mucchio di cose quella sera al bar. Perché ho dovuto rovinare tutto baciandolo? È la seconda opportunità che ho di creare una vera amicizia e non posso rovinarla. Non ho molti amici intimi, solo Sara e la mia compagna di stanza, Lindsey.

Sorrido. «Certo. Mandami un messaggio per dirmi a che ora.» Gli do il mio numero e lui mi manda un messaggio, in modo che abbia il suo.

Dà un'occhiata alla mia cucina. «La tua cucina è grande come la mia. Useremo la mia. Mi procurerò gli ingredienti. Ci vuole un po' per preparare la pasta, stenderla e tutto il resto. Ci stai a impegnare un paio d'ore? So che hai parecchio da stipare in quel cervello geniale...»

«Ce la faccio.»

Brendan mi rivolge un sorriso caloroso che risveglia le farfalle nel mio stomaco. «Bene.»

Stiamo lì, a fissarci per un lungo momento. C'è qualcosa di ipnotizzante nei suoi occhi che cambiano da dolci a caldi a bollenti. *Aspettate, che cosa?* Ho la bocca secca. Non era a senso unico?

Brendan sbatte le palpebre, indicando la porta e arretrando di un passo. «Ci vediamo domani.»

«Potremmo guardare un film o roba simile, se vuoi restare.»

«Ho intenzione di uscire, ma grazie.»

Mi strofino il collo. «Oh, certo. Divertiti.» Non mi aspetto un invito a unirmi a lui. Probabilmente andrà in qualche bar in cerca di donne. Non sono affari miei.

Lui va verso la porta e si ferma con la mano sulla maniglia. «Sapevi che le nostre camere hanno una parete in comune?»

«No» rispondo rendendomi lentamente conto dell'innegabile verità. *Oh Dio.*

Lui sorride. «Adesso lo sai.»

8

Brendan

È sabato, sto aspettando in fila al supermercato con gli ingredienti per i tortellini e mi ritrovo a sorridere pensando che vedrò Chloe questo pomeriggio. Ridicolo. L'unico motivo per cui non vedo l'ora è di smettere di immaginare che cosa stia facendo Chloe alla porta accanto. Ieri ho sentito i suoi gemiti orgasmici mentre uscivo dalla doccia e sì, okay, sono diventato geloso. Sono andato nel suo appartamento per vedere con chi diavolo fosse. Per scoprire che era da sola. All'inizio mi sono sentito imbarazzato, sollevato ma imbarazzato. Ehi, non *volevo* sentire ciò che ho sentito. Lei era tutta rossa per l'imbarazzo che non ho potuto fare a meno di prenderla in giro. Le sue scuse sono state isteriche e fottutamente adorabili. Ed è per quello che ho deciso non sarebbe stato male passare un po' di tempo insieme, da amici.

Mi sposto avanti nella fila e la mia mente la evoca ancora: morbidi capelli biondi, penetranti occhi verdi, corpo minuto con le curve al posto giusto, sempre in canottiera e jeans. A volte mette un cardigan sopra la canottiera, a volte no. Passo fin troppo tempo a rimuginare sulle linee delicate delle sue clavicole. L'arco di cupido del suo labbro superiore, il labbro inferiore più pieno.

Le mando un messaggio, facendole sapere che sto per tornare a casa con la roba per fare i tortellini. Sembra quasi che dividiamo un appartamento. *Merda*. Vorrei cancellarlo. Sembra troppo... domestico.

Chloe: *La tua posta è finita nella mia casella per sbaglio. Mi sono fermata da te questa mattina ma non c'eri. L'ho infilata sotto la porta. Ti sei allenato presto?*

Io: *Ah. No. Non sono ancora venuto a casa da ieri sera.*

Chloe: *Sembra una notte selvaggia.*

Penso a una risposta evasiva. Non è il mio primo rodeo con una donna. È curiosa di sapere che cos'ho fatto ieri sera, altrimenti avrebbe semplicemente detto okay oppure mi avrebbe mandato una di quelle emoji da donne. Forse si sta chiedendo se abbia fatto sesso con qualcuno. Le darebbe fastidio? Il fatto è che non passo più la notte da una donna dopo il sesso. Non vale la pena di darle la falsa speranza che voglia qualcosa di più. Ieri sera sono andato a una festa e poi sono rimasto a dormire a casa di un amico che è abbastanza fortunato da essere in subaffitto in un appartamento a equo canone in città. Ma non c'è bisogno che Chloe lo sappia.

Io: *Sicuramente non selvaggia come la tua, bambola.*

Nessuna risposta.

Do un'occhiataccia al mio telefono, irritato oltre misura perché non ha risposto. Devo smetterla di agitarmi tanto per Chloe. Il suo percorso di vita, per quanto nobile, non potrebbe mai andare d'accordo con il mio. Per quanto ne so lei potrebbe finire in California per studiare medicina e poi tutto il resto. Io sono radicato qui con l'impresa di costruzioni di famiglia. Un altro motivo per cui non vale la pena di impegolarsi.

E poi vedo i tre puntini sullo schermo del mio telefono. Il mio polso accelera.

Chloe: *Stranamente non vedo l'ora di cucinare.*

Sorrido e le rispondo: *Anch'io.*

Non sto superando quella linea. Ma probabilmente mi ci sto avvicinando.

〜

Chloe

«Hai mai provato a rompere un uovo?» gli chiedo ridendo. In cucina, Brendan è messo peggio di me.

«Ehi, non giudicarmi» dice, togliendo metà del guscio dal centro della fontana di farina. Stiamo preparando la pasta per i tortellini, e questo significa fare un incavo in una fontana di farina, mettere le uova al centro e mescolare. La mia è perfetta. È come un esperimento di chimica, le giuste proporzioni nell'ordine giusto danno risultati prevedibili. Sto aspettando che finisca di mettere le uova prima di procedere con il passo successivo. Stiamo seguendo un video di cucina sul suo laptop.

La sua fontana di farina crolla di lato mentre cerca di togliere il guscio con le sue grosse dita. Io rimetto in fretta a posto la farina e gli do un colpetto con il fianco. «Spostati. Lascia lavorare la specialista. Ci vuole la precisione di una chimica esperta.»

Lui fa un passo indietro e uno di lato e appare dall'altra mia parte. «Di che cosa stai parlando? La mia è perfetta.» Indica la fontana di farina che ho creato io, fingendo che sia la sua.

Scuoto la testa, sorridendo e raccolgo con attenzione il grosso pezzo di guscio e la pila di pezzettini che son rimasti. «Hai due mattarelli?»

«Mmm...» storce la bocca. «Mi sa che ho dimenticato la faccenda del mattarello.»

«Torno a casa mia e controllo se i tuoi vicini ne hanno lasciato uno.»

Mi lavo le mani, le asciugo e vado alla porta accanto, saltellando allegra. La mia giornata cupa si è trasformata in una giornata piena di sole nel momento in cui ho raggiunto Brendan. È così intimo cucinare nella sua cucina, con la musica rock che suona in sottofondo. Lui è così animato e divertente. Cerco di non pensare al fatto che non è rientrato ieri sera. È stato un po' evasivo al riguardo, e sono sicura che significhi che ha passato la notte con una donna. *Devo* accettarlo. Chiaramente gli sta bene soddisfare i suoi bisogni fisici altrove. Io sono solo l'amica vicina di casa.

Tornata nel mio appartamento, frugo negli armadietti e trovo un mattarello di legno. Uno solo. Immagino che la maggior parte della gente non ne abbia due. È okay.

Quando torno a casa di Brendan, lo sollevo sopra la testa «Ta-da!»

Lui sorride e mette le mani a coppa sopra la bocca. «Vittoria!»

Rido e lo porto in cucina. «Potremmo fare a turno.»

«Cerco qualcosa per sostituirlo. Potremmo usare anche una bottiglia di vetro.» Solleva una bottiglia vuota di vodka. «Io la stendo con questa, tu col mattarello.»

Lo osservo. Si è ubriacato nei pochi minuti in cui sono stata assente? C'è decisamente odore di alcol nell'aria. «Non hai appena finito quella vodka, vero?»

Lui barcolla comicamente in giro, biascicando le parole. «Che coscia te lo fa pensciare?» Mi urta, mandandomi a volare contro il ripiano, col suo braccio che mi protegge la schiena all'ultimo momento. Mi manca il fiato, sento il calore che mi invade per l'improvvisa vicinanza dell'uomo che cerco disperatamente di non desiderare. Da vicino, i suoi occhi sono limpidi. Non è ubriaco.

«Scusa» mi dice, staccandosi. «Avevo dimenticato quanto sei leggera.»

Mi liscio i capelli, agitata. «Sono lieta che tu sia sobrio perché è molto più difficile lavorare con una persona ubriaca. Ho visto abbastanza ubriachi vacillanti al college.»

«Ci scommetto.» Ha la voce un po' roca.

Fisso il suo torace ampio nella t-shirt nera, che è allo stesso livello dei miei occhi. Pesa un milione di chili più di me. È *in forma*, dalle spalle larghe agli addominali definiti al sedere d'acciaio. Non avevo potuto fare a meno di osservare il suo sedere in quei jeans sbiaditi mentre si muoveva per la cucina. Vorrei non essere così attratta da lui.

Sbatto le palpebre e lo spintono via. Lui mi lascia andare. «Allora, che cos'hai fatto con la vodka?»

Lui mi fissa senza espressione per un momento prima di

andare al frigorifero e tirar fuori una bottiglia per l'acqua messa in un angolo. «La nuova casa della vodka.»

Mi concentro sulla bottiglia invece che sul braccio abbronzato e muscoloso che la tiene. «Dovresti metterci un'etichetta. Pensa se ne bevessi un sorso dopo l'allenamento? O se Garrett tornasse e pensasse che è acqua.» Mi ha detto che il fratello minore è il suo coinquilino quando non sta curando la casa di Sean e Josie.

«Ah! Sarebbe divertente. Ce ne vuole parecchia per farlo sbronzare.»

Scuoto la testa. «Sei terribile.»

«Terribilmente spassoso.»

Gli do una spallata. «Metti un'etichetta.»

Lui alza le mani. «Con che cosa?»

«Ci penso io. Ho della roba a casa.» Vado verso la porta, sollevata perché posso mettere un po' di distanza tra di noi.

«Se continui a sculettare e andare a casa tua, non riusciremo mai a preparare la pasta.»

Quasi inciampo. Mi volto lentamente. «Scusa, sculettare?»

«Sì, la camminata di Chloe.» Fa un saltello e ancheggia, mentre si sposta.

Scoppio a ridere, anche se mi sta prendendo in giro. «Smettila, non sono così male.»

Lui agita le sopracciglia. «Oh, sei magnifica.» Mi fa segno con un dito di voltarmi. «Dai, cammina un po' e poi voltati, comincia a sculettare.»

«Non guardare.» Mi volto verso la porta e cerco di camminare nel modo più normale possibile, niente saltelli, niente ancheggiamento.

«Adesso sembra che abbia un manico di scopa nel sedere.»

Alzo le mani, arrendendomi e lo sento ridere piano. È bravissimo a prendermi in giro.

Rido un po' tra me e me mentre raccolgo la roba nel mio appartamento: post-it, penna, nastro adesivo. Quando ritorno a casa sua, mi volta la schiena e sta ballando, con una mano sulla nuca e l'altro braccio che va avanti e indietro mentre si volta lentamente. Sta facendo la Sprinkler dance, imitando un irrigatore da giardino.

Mi fermo, sbattendo una mano sulla bocca per trattenere il suono della mia risata. Continuo a guardarlo, entusiasta di avere qualcosa per cui prenderlo in giro. Lui continua a ballare, voltandosi lentamente finché mi vede. Lascia immediatamente cadere il braccio e si passa la mano sui capelli con un gesto indifferente. «Oh, ehi, sei tornata.»

«Che cosa stavi facendo?» gli chiedo, cercando di non ridere.

«Ti dirò ciò che *non* stavo facendo. *Non* stavo ballando.»

Ridacchio avvicinandomi. La sua espressione è di pura innocenza. È oltraggioso.

«Ah no? Come lo chiami?»

«Danza interpretativa» dice, con l'espressione seria. «Non ufficialmente riconosciuta dalla cultura della danza.»

Lo guardo a bocca aperta. Le mie stesse parole di ieri sera, quando mi ha colto post-coito con un vibratore, tutta arrossata per le endorfine. E io che pensavo di averlo beccato in un momento imbarazzante, ma mi stava solo prendendo in giro. Le mie guance diventano di fiamma.

Brendan ammicca.

Gli appoggio il palmo della mano sulla faccia e spingo. Lui mi afferra il polso e si sposta, ridendo.

Nel futile tentativo di contenere la mortificazione, mi concentro sul lavoro di etichettatura, scrivendo accuratamente "vodka" in maiuscolo sul post-it. Poi lo incollo sulla bottiglia d'acqua con il nastro adesivo. Prendo anche una bottiglia di acqua fredda, nella speranza di raffreddare l'inferno senza fine di imbarazzo in cui mi sembra di trovarmi sempre quando lui è intorno.

Brendan sospira esageratamente, appoggiandosi al ripiano e incrociando le braccia sul torace ampio. «Possiamo riprendere a lavorare, per favore? Vorrei mangiare prima delle nove.»

«Che aguzzino. Lavoro, lavoro, lavoro.» Appoggio la bottiglia d'acqua sul ripiano e torno accanto a lui alle nostre fontane di farina. «Okay, fai ripartire Massimo. Facciamo un po' di pasta.» È lo chef di cui stiamo guardando il video.

Brendan preme il tasto e riprende il ritmo melodioso

dell'accento italiano di Massimo che ci dà le istruzioni in inglese. Ma tutto ciò su cui riesco a concentrarmi è il profumo di legni preziosi dell'uomo accanto a me, il calore che si irradia da lui, gli avambracci muscolosi quando appoggia le mani sul ripiano aspettando le istruzioni.

Desidero disperatamente quelle mani su di me. Perché non riesco semplicemente a rilassarmi e a godermi la sua amicizia? Ho imparato la lezione con Michael. Una volta superata quella linea, l'amicizia è finita. Non che Brendan abbia dimostrato interesse. Scherza con me come fa con i suoi fratelli. Sono sicura che flirti e sia tutto fascino con le donne che gli interessano. Come quella, chiunque fosse, con cui era ieri sera. Se non riesce questo a raffreddare i miei bollenti spiriti, non so che cosa ci riuscirà.

È meglio così. Devo restare concentrata sul mio lavoro. Le amicizie si possono riprendere in qualsiasi momento, ma con una relazione le cose sono diverse. Le ho evitate perché bisogna darsi da fare per trovare il tempo di vedersi, di essere presenti nella vita di un altro e una relazione a lunga distanza, con me alla facoltà di medicina, sarebbe troppo difficile. Non posso decidere io in quale università finirò. Harvard è il mio sogno, ma devo fare domanda a parecchie altre. Cercherò qualcuno per fare sul serio dopo l'internato. Adesso devo solo divertirmi.

«Chiamata per il dottor Travers» dice Brendan.

Sobbalzo, rendendomi conto che ha messo in pausa il video. Dev'essere arrivato il momento per il prossimo passaggio e me lo sono perso. «Sì?»

«Dobbiamo sbattere le uova, ma non ho la frusta.»

«So che cosa fare.»

«Hai intenzione di sculettare di nuovo a casa tua per prendere una frusta?»

Gli do una gomitata nelle costole e lui fa un suono esagerato, fingendo una smorfia di dolore e piegandosi. «Accidenti, Chloe, hai ricominciato a fare i pesi con le matite?» Afferra la mia penna dal ripiano e flette il braccio come se fosse un manubrio, battendosi il bicipite rigonfio con l'altra mano. Non so se ridere o allungare la mano per tastare la curva del muscolo. Lui mi sorride, con gli occhi azzurri che scintillano diabolici.

Prendo due forchette dal cassetto e gliene porgo una. «Comincia a sbattere.»

Restiamo fianco a fianco, sbattendo le uova al centro della fontana di farina.

«Adesso che cosa viene?» gli chiedo, visto che ero distratta durante il video.

«Dobbiamo spingere gradualmente la farina al centro per mischiarla.»

«Capito.»

«Sei andata completamente in trance mentre Massimo ci diceva che cosa fare. A che cosa stavi pensando?»

Sesso. «Neurogenetica.»

«Ah. Anch'io.»

Non posso fare a meno di ridere.

Lui mi dà un colpetto con la spalla. «Perché? Pensavi forse di avere il monopolio dei sogni a occhi aperti sulla neurogenetica? Niente da fare. È tutto ciò a cui riesco a pensare.»

Scuoto la testa, sorridendo. «Lo so.»

Finiamo di sbattere le uova e far crollare la fontana, creando un disastro di impasto.

«Sei sicuro che alla fine diventerà pasta?» chiedo. «Sembra orribile.»

«Dagli tempo. Massimo dice che aiutava a farla quando era un bambino. Sono sicuro che due adulti possano farcela.» Sorride. «Altrimenti possiamo sempre ordinare la pizza.»

Due ore dopo, abbiamo il ripieno di carne sopra un mucchio di pezzetti quadrati di pasta e stiamo lavorando per fare i piccoli triangoli ripieni e poi ripiegarli sul dito. Mi sto divertendo come una matta.

«Ti fanno male i piedi?» mi chiede Brendan. «A me sì.»

«Un po'.»

Va dall'altra parte del muretto basso con il ripiano che

separa la cucina dal soggiorno e torna con due sgabelli imbottiti per sederci.

«Avrei dovuto pensarci» dico sedendomi. Siamo stati in piedi per ore.

«Eri distratta da Massimo e dalla neurogenica» dice Brendan, sedendosi accanto a me. «Come tutti, del resto.»

Sorrido e continuo a preparare i miei tortellini. «Penso che ne abbiamo fatti troppi, avremo centinaia di questi piccoli bastardi.»

«Non è possibile avere troppa pasta.»

«Sì, invece. Troppi carboidrati e diventi come l'omino Michelin.»

Brendan resta in silenzio per un po', continuando a lavorare. «Ho sentito che è difficile entrare alla facoltà di medicina di Harvard. Hai un piano B?»

Mi blocco. *Ha controllato?* Gli do un'occhiata ma è concentrato sulla sua pasta, quindi riporto gli occhi sulla mia. «Sì, è difficile. È il mio obiettivo, ma, ovviamente, farò domanda anche in altri posti.»

«Dove?»

Alzo gli occhi, sorpresa che voglia saperlo. Ho ancora un anno alla Columbia. Si aspetta che ci staremo ancora frequentando quando arriverà il momento di andare a una facoltà di medicina? È piuttosto carino che gli interessi tanto la nostra amicizia. «Johns Hopkins, Penn...»

«NYU?»

«Sì, farò domanda anche lì. E anche Stanford.»

«Quella è in California. La NYU è una grande università. E anche la Columbia.» Le ultime due sono a New York. Aww, vuole che continuiamo a vivere vicini. È così dolce.

«Lo so» dico dolcemente. «Farò domanda anche lì. Ma la mia prima scelta è Harvard.»

«E dopo quello?»

«Poi farò l'internato e poi spero di ottenere una borsa di studio in un grande centro per la ricerca sul cancro.»

«Che potrebbe essere in un posto diverso da dove frequenterai la facoltà di medicina?»

«Sì. È tutto un altro tipo di procedimento per la candidatura.»

Brendan scuote la testa. «È un mucchio di duro lavoro per raggiungere il tuo obiettivo, probabilmente comporterà anche un mucchio di trasferimenti.»

Alla sua domanda, alzo la testa.

Ha gli occhi seri, anche se ha mantenuto un tono leggero. «Non come fare i tortellini, ma comunque...»

C'è decisamente tensione nell'aria, qualcosa che prima non c'era. Non so che cosa farci, quindi la ignoro. Non posso cambiare ciò che sono, ed è meglio che lo sappia fin dall'inizio.

«Parlando dei tortellini» dico, interrompendo il silenzio. «Io qui ne ho un migliaio, a paragone dei tuoi miseri ventidue.»

«Oh, hai notato la mia piramide di magnificenza.» Ha fatto nitide file di tortellini: sei, cinque, quattro, tre, due, uno.

Gli tiro il tortellino in cima, che rimbalza sulla sua fronte.

«Lo rimpiangerai, Travers» dice, lanciandomi addosso i tortellini, due per volta.

«Ehi!» Ne afferro una grossa manciata e colpisco anch'io.

Lui continua ad avvicinarsi, scansando i tortellini, prima di spingermi contro il ripiano, con le mani ai miei lati, intrappolandomi. Smetto di sorridere, mi manca un po' il fiato. Di colpo è così vicino, il suo calore mi fa battere forte il polso, il corpo che si scalda per l'eccitazione.

Poi noto che ha un braccio alzato. Ha il piccolo cartone di panna proprio sopra la mia testa.

«Non osare!» gli afferro il braccio e lui lo fa oscillare minacciosamente. «Attento, la rovescerai.» Afferro in fretta un cucchiaio di legno, dandogli un colpetto sul sedere.

Lui inspira bruscamente e appoggia la confezione di panna. «Mi hai appena sculacciato?»

Io rido. «No.»

«Oh, adesso è guerra.» Mi strappa il cucchiaio dalla mano e io scappo per sfuggirgli, afferrando un cuscino dal divano e tenendolo sul sedere come scudo.

Brendan mi rincorre, ma io sono agile e lo schivo,

correndo intorno al tavolino e alla gigantesca poltrona reclinabile. Lui si lancia verso destra e io vado a sinistra. Poi ci ritroviamo a correre in circolo intorno al tavolino. Brendan si volta, io gli sbatto contro correndo e lascio cadere il cuscino, sul quale inciampo arretrando.

Brendan mi afferra prima che possa cadere, avvolgendomi attorno le braccia. Ha la voce roca, mi sta mangiando con gli occhi. «Tu porti guai.»

Non riesco a frenarmi. Alzo la mano e accarezzo la sua barba corta, tracciando la linea della mandibola forte. Lui deglutisce. «Sei tu quello che porta guai.»

La sua mano grande mi afferra la nuca. Sento la pressione crescere nel basso ventre. Passa un attimo di silenzio vibrante prima che la sua bocca copra la mia. Inclino la testa, approfondendo il bacio. Sento il calore invadermi quando prende il controllo del bacio. Sono quasi stordita per il desiderio e scioccata per la sua intensità.

Brendan interrompe improvvisamente il bacio e si tira indietro. «Non avrei dovuto farlo.»

Sento lo stomaco che si contrae. «Per via della donna con cui eri ieri notte?»

Lui fissa a lungo il pavimento. «Già.»

Ho le labbra che formicolano. Sento ancora il suo sapore.

Brendan si volta e torna in cucina. «Si torna al lavoro, bambola.»

Lo seguo con le gambe che tremano. L'attrazione è reciproca. La mia mente turbina per un attimo prima di fermarsi sulla dura verità. È la seconda volta che mi respinge. Raddrizzo le spalle. Non permetterò che ce ne sia una terza. Specialmente sapendo che sta vedendo un'altra donna.

9

Brendan

Alla faccia dei paletti. Ho fatto un casino. Stavo solo scherzando con lei. Ah, diavolo. La desidero tanto che è impossibile tenere a lungo le distanze. Non so perché io sia così attratto da lei. Forse è perché so che non vuole niente di serio, quindi non ci sono pressioni. A volte questo le permette di avvicinarsi più di quanto permetterei normalmente. So che è destinata a grandi cose e che io sarei solo un ostacolo, ma tutto sembra volar fuori dalla finestra quando sono vicino a lei. Nemmeno le possibili conseguenze in famiglia o il suo ex psicopatico possono mettere un freno a questa cosa tra di noi.

La osservo mentre versa i tortellini alla panna sul suo piatto. Mi rivolge la schiena mentre è al fornello quindi posso guardarla come mi piace. È minuta, spalle e vita sottili, la curva dei fianchi che sottolinea il sedere a forma di cuore nei jeans aderenti. Vorrei tanto prenderla in braccio e portarla in camera. Qualcosa nelle sue dimensioni tira fuori il Neanderthal che c'è in me. È maledettamente difficile non superare quella linea.

Lei mi guarda voltando la testa. «Vuoi che ne versi un po' nel tuo piatto o vuoi farlo tu?»

«Ci penso io.» Cammino intorno al muretto col ripiano, dove mangio di solito. Gli sgabelli sono tornati al loro posto.

Lei mi passa accanto, portando il suo piatto, attenta a mantenere la distanza tra di noi. So perché. Quel bacio era elettrico. Ci è voluta tutta la mia forza di volontà per staccarmi.

«Aspetterò, in modo che possiamo assaggiarli contemporaneamente» mi dice, aspettandomi seduta.

«Okay.» Verso una quantità generosa di tortellini nel mio piatto e la raggiungo. «Pronto.»

Infiliamo entrambi un tortellino sulla forchetta e lo mettiamo in bocca. Buono. Sorprendentemente buono.

«Wow» dice Chloe, prendendone un altro dal piatto. «Sono usciti molto meglio di quanto pensassi, visto che siamo due novellini. La pasta fatta in casa fa veramente la differenza.»

«Non male.» Prendo una forchettata di tortellini e mastico. Pensavo che Beast fosse un maestro in cucina, ma guardateci, abbiamo preparato un piatto favoloso.

Mangiamo in beato silenzio per qualche minuto. Non riesco quasi a credere di aver cucinato qualcosa di così gustoso. Con un po' di aiuto da parte di Chloe e dell'amico Massimo. E ci sono volute solo quattro ore. Decisamente un'attività da fine settimana. Dovremmo provare a fare una ricetta insieme ogni fine settimana. Mi fermo. Troppo tempo insieme. Limiti. Ed è esattamente il motivo per cui le ho lasciato credere che ieri sera fossi con qualcuno. È più facile che dirle qual è il vero motivo: che le sarei solo d'intralcio. Inoltre, adesso farà anche lei la sua parte nel rispettare i confini. So che mi desidera. Mi ha baciato per prima a Villroy. Ed è nei suoi occhi, nella voce a volte sospirosa, nelle guance arrossate. Mi cadono gli occhi sull'arco di cupido del suo labbro superiore che vorrei tracciare con la lingua.

Distolgo gli occhi e bevo un sorso d'acqua. «Come sta andando lo stage?»

Chloe scuote la testa. «Potrebbe andare meglio. Fondamentalmente, sto facendo lavoro di bassa manovalanza. So che bisogna cominciare da qualche parte, ma è un lavoro così deprimente. Lunedì, ho intenzione di affrontare l'argomento con la direttrice della ricerca. Ho delle credenziali a mio nome. Potrei fare molto di più.»

«Spero che vada bene. Affrontare un capo può essere una cosa delicata.» Mio fratello Dylan è il mio capo e ci eravamo scontrati sul mio bisogno di avere un ruolo più importante nella nostra impresa quando nostro zio si è ritirato. Ero stato il primo a parlare e adesso gioco un ruolo fondamentale nel trovare nuovi progetti di sviluppo. Ne abbiamo già due alle spalle e abbiamo ricevuto dei premi per il nostro modo socialmente responsabile di affrontarli e per aver migliorato i quartieri. La mia scoperta più recente però non ha dato frutti. Accidenti, a volte fa schifo.

«Come va il tuo lavoro?» chiede Chloe.

Espiro bruscamente. «Non molto bene. La proprietà che avevo adocchiato, un lotto con dei magazzini in disuso sul lungomare, è andata a una ditta che ha offerto di più e che ha intenzione di costruire dei grattacieli. I miei fratelli e io non vogliamo entrare in quel settore. Vogliamo dei quartieri come quello in cui siamo cresciuti.»

«Mi dispiace.»

«Sì, fa schifo perché avevamo già una proprietà lì che abbiamo trasformato in loft con un parco sul lungomare. Quindi il nostro piano era di demolire i magazzini e costruire dei condomini con spazi verdi contigui e installazioni artistiche fornite dagli affittuari che risiedono nel primo progetto. Sarebbe stato tutto certificato dal LEED, sai l'ente di classificazione come ecocompatibile, ad alta efficienza energetica, e avremmo utilizzato materiale riciclato proveniente dalla stessa area. Sai, travi di legno dei vecchi magazzini e roba simile. Adesso costruiranno due edifici di lusso di settanta piani.»

«Settanta piani! Bloccheranno il panorama, il sole!»

«Già. Perdi la sensazione di quartiere quando cammini tra due giganteschi grattacieli. A questo punto tanto varrebbe trasferirsi a Manhattan.»

Torniamo a mangiare. I tortellini sono troppo buoni per lasciarli a lungo.

Finisco il piatto e vado a fare il bis. «A ogni modo, i miei fratelli e io abbiamo deciso che saremo gli sviluppatori specializzati nei restauri storici e rispettosi dei quartieri. Sarà la nostra nicchia.»

Chloe scuote la testa. «Spero che Brooklyn non sia invasa dai grattacieli.»

«Già.» Torno a sedermi e ci do dentro. Sono ancora fantastici.

«Sai, c'è un vecchio grande magazzino in centro, Finerman's, vicino a dove sono cresciuta. Mi piaceva andare a guardare le vetrine. Comunque, è chiuso da un po' e lo scorso fine settimana ho notato che c'è il cartello "vendesi". Forse potreste trasformarlo in qualcosa di bello.»

«Mi chiedo quanto chiederanno.»

«Potresti controllarlo online.»

«Sicuramente. Dopo questo.» Sento il polso che accelera. Potrebbe essere qualcosa di buono, questo vecchio grande magazzino. Magari potremmo trasformarlo in appartamenti tipo loft, con un giardino pensile. Non mi ero reso conto che fosse sul mercato. Dev'essere stato appena messo in vendita. Magari è fallita un'altra trattativa di cui non sapevamo niente.

«Grazie, Chloe. Ho quella sensazione che si prova quando si sa che potrebbe essere qualcosa di bello.»

«Sei tutto un fremito, hai il prurito? Sicuro che non siano le piattole?»

Esplodo in una risata. Chloe si sente a suo agio con me, mi prende in giro. «Disgustoso. E no. Ho i miei standard e i preservativi.»

Lei agita una mano in aria. «Non voglio sentire parlare delle tue donne.»

«Idem.»

Lei si porta alla bocca una forchettata di tortellini e parla a bocca piena: «Ho deciso che la risposta è la castità».

«Giusto.»

Lei mastica e deglutisce. «Sul serio.»

«Vedremo quanto dura.»

Lei mi inchioda con un'occhiata severa. «Sei uno che scommette?»

Alzo il mento. «Cento dollari dicono che farai sesso con qualcuno entro il fine settimana del Quattro Luglio. Non starai lavorando, ti annoierai un po' e BAM!» Lei sobbalza al mio BAM e io reprimo una risata. «Di colpo, il tizio molliccio che lavora nel laboratorio sembra Superman.»

«Ci sto» dice, offrendomi il mignolo.

Avvolgo il mignolo intorno al suo e toccarla mi dà la scossa. Devo smettere di toccarla. Ci fissiamo negli occhi e lei apre le labbra. Tutto in me grida di avvicinarmi.

Chloe si alza bruscamente. «Ti aiuto a pulire.»

Mi concentro sul mio piatto. Non ho bisogno di guardarla ogni volta che si muove. La sua immagine è incisa nel mio cervello.

Gente, sono elettrizzato. I miei fratelli e io abbiamo un appuntamento a pranzo lunedì in una pizzeria vicino al nostro ultimo progetto. Stiamo facendo dei lavori in un centro commerciale nel Queens. Serve per pagare i conti, ma non è il lavoro che preferisco. Mi piacciono i progetti che la Rourke Management sviluppa dalle fondamenta. È strano che mi piaccia vedere il nostro cognome nel nome della società? Ho lavorato per tutta la vita sotto il nome dei Byrne. Finalmente abbiamo qualcosa di nostro. Ci sono tutti i miei fratelli, eccetto Sean che è ancora a Vancouver con sua moglie. Ci ascolta in vivavoce. Io e Beast siamo in un lato di un séparé accanto alla vetrina, Connor e Jack sono davanti a noi e Dylan, il nostro AD, è su una sedia di lato.

Aspetto che tutti abbiano finito la loro prima fetta di pizza, per calmare un po' l'appetito, prima di cominciare con la mia presentazione. «Ho trovato la nostra nuova proprietà, il vecchio grande magazzino Finerman's. È storico, risale al 1893, ha un mucchio di dettagli architettonici che non si trovano nelle costruzioni moderne.» Passo intorno le specifiche che mi ha dato nostro padre. Lavora nel campo immobiliare adesso ed è riuscito a farmi entrare per controllare il posto. Mi chino sul telefono in mezzo al tavolo. «Hai ricevuto le specifiche, Sean?» Gliele ho mandate ieri sera per e-mail.

«Le ho.»

Continuo: «Sono sette piani, proprio in centro e c'è anche un bar in vendita immediatamente accanto. Penso ad appartamenti tipo loft per attirare un po' di quegli hipster con i soldi e voglia di caffeina. Compriamo anche il bar. In effetti, mi piacerebbe comprare l'intero isolato e fare un piano di sviluppo più coesivo, ma quello è tutto ciò che è disponibile adesso».

Sono sul bordo del sedile mentre i miei fratelli guardano le specifiche.

«Ascensore?» chiede Dylan, fissandomi con gli occhi azzurri stanchi. È un neopapà e dice che la bambina adora svegliarli tutti con i suoi pianti alle quattro del mattino.

«Sì.»

«Costruzione prebellica. A Rebecca piacerebbe. Dovrebbe essere qui anche lei.» È la sua fidanzata e il nostro direttore della strategia, che *non* significa che sia un socio. Devo essere risoluto su questo ora che i miei fratelli maggiori sono diventati delle pappemolli con le loro donne. Davvero, farebbero qualunque cosa per loro. Loro quattro, Dylan, Connor, Jack e Sean, devono ricordare i legami di sangue. Siamo noi fratelli i co-proprietari, che siano sposati o fidanzati.

«Sarà coinvolta quando sarà ora» dico. «La decisione sull'acquisto spetta ai proprietari. Noi.»

«Josie dice che è carino» dice Sean al telefono. «Le è piaciuto l'atrio con il grande lucernario quando lo ho mostrato le specifiche ieri sera.»

Mi mordo la lingua. Già, avanti tutta, purché le loro donne ritengano che sia "carino".

Jack alza la testa e scosta una ciocca di capelli castano scuro dagli occhi. Li porta più lunghi in cima, acconciandoli con qualche tipo di gel che lo fa sembrare più hipster di quanto sia. «Ci sono un bel po' di linee della metropolitana vicino.»

«Cinque minuti di metro per arrivare a Manhattan» dico. «Con questa metratura, penso che potremmo ricavarne minimo cento appartamenti. Se vogliamo, potremmo mantenere i primi due piani come spazi commerciali.»

«Mi piacciono i progetti di sviluppo a uso misto» dice Dylan, accarezzandosi la guancia pelosa. «Pensi che il prezzo sarà trattabile?»

«C'è solo un modo per scoprirlo» dico con un sorriso. Mi sento trionfante. Se Dylan ci sta, gli altri seguiranno. «Possiamo chiedere lo status di edificio di valore storico. Aggiungerà un altro credito a quella parte del nostro portfolio. E possiamo comunque ottenere almeno in parte qualcosa di ecocompatibile e a risparmio energetico. Penso che attirerebbe inquilini di alto profilo.»

Dylan si appoggia al sedile e picchietta sul tavolo. «Dovremmo riservare alcuni spazi da affittare a basso prezzo a enti no-profit. Tipo uno di quei gruppi che fanno ripetizioni ai ragazzini svantaggiati. Potrebbe essere una buona scelta per i professionisti residenti.»

Siamo tutti d'accordo su quel punto. Fa parte della nostra missione restituire qualcosa al quartiere.

Dylan si massaggia la nuca. «Direi di fare un'offerta, condizionata a un sopralluogo. Obiezioni?»

Guardo intorno al tavolo. Nessuno sembra obiettare. In effetti, Beast sta fissando la sua seconda fetta di pizza con uno sguardo famelico.

«Buttiamoci» dico.

«Io ci sto» dice Sean al telefono.

I miei fratelli si chinano verso il telefono, dichiarando di essere d'accordo, per far sapere a Sean che ci stiamo.

«A più tardi» dice Sean, chiudendo la chiamata.

Tutti tornano a mangiare.

«Ehi, Brendan, hai trovato qualcuno da portare al mio matrimonio?» chiede Jack. «Riley ha bisogno di sapere quanti saremo.» Il suo matrimonio è fra tre settimane.

«No. Porti una donna a un matrimonio e si fa delle idee.»

«Sicuro?» chiede Jack. «Abbiamo appena segnato Beast più una. Ha invitato una ragazza che ha incontrato a un festival musicale questo fine settimana. Scena perfetta per il rimorchio.»

Guardo Beast inarcando le sopracciglia.

Lui fa spallucce. «Ci siamo piaciuti.»

Jack beve un lungo sorso d'acqua e punta la bottiglia verso di me. «Sei l'unico che verrà da solo. Forse potrei trovarti qualcuno in modo da non dare nell'occhio quando il resto di noi starà ballando. Non possiamo lasciarti fare tappezzeria.»

La mente mi torna a Chloe e al suo ridicolo ballo. E al mio, che l'aveva fatta diventare rossa come un peperone quando si era resa conto che la stavo prendendo in giro per la sua serata di orgasmo in solitario.

Beast parla con la bocca piena di pizza. «Tara ha un'amica che potrebbe accettare di venire con te.»

«Chi è Tara?» gli chiedo.

«La ragazza di questo fine settimana» dice Beast. «Quella che porterò al matrimonio.»

«Non ti preoccupa che possa pensare che sia una cosa seria se la porti al matrimonio?»

«No. È solo un appuntamento con cibo gratis, dove si balla. Le piace ballare.» Si rivolge a Jack: «Senza offesa. Sto solo parlando dal suo punto di vista. Ovviamente *io* so che è un evento importantissimo».

Jack ride. «Nessuna offesa.» Guarda verso di me, con gli occhi azzurri che scintillano di evidente allegria. *Uh-oh*. Jack è il re degli scherzi. Non può essere niente di buono.

Deglutisco. «Qualunque cosa tu stia pensando, la risposta è no.»

Jack alza una mano. «Ascoltami. La mamma mi stava dicendo...»

«No.»

«... di una brava ragazza che appartiene alla nostra chiesa.»

«Diavolo, no!»

Jack continua, imperturbabile. «Si è appena trasferita in città. La mamma voleva che la presentassi in giro. La presenterò a *te*.» Prende il telefono. «Mando subito un messaggio alla mamma.»

Mi lancio per prendergli il telefono, ma lo tiene fuori dalla mia portata, continuando a sorridere. I miei fratelli sogghignano. *Okay, calmati.* Forse è solo uno scherzo e sta mandando un messaggio alla sua fidanzata, *fingendo* solamente di incastrarmi con nostra madre. Mai sottostimare fin dove può arrivare Jack con uno scherzo. Una volta ha passato un mese intero accorciando giorno dopo giorno i lacci delle mie sneakers finché non sono più riuscito ad allacciarle. L'aveva fatto in modo così subdolo che non me ne sono accorto fino alla fine. Poi ho rubato le sue sneakers, dato che portiamo lo stesso numero.

Suona il mio telefono e lo prendo con cautela. Come se fosse un cobra pronto a colpire. Mi irrigidisco. *No-o-o-o.*

Mamma: *Brendan, è una magnifica notizia. Si chiama Faith. So che le piacerà il matrimonio in quella bella chiesa. È una dolce ragazza cattolica. Okay, come faccio a mandarti il suo contatto?*

No, non l'aiuterò sicuramente a farlo.

Io: *È complicato. Te lo mostrerò di persona.*

Mai, per esempio.

Mi manda per sbaglio una foto di mio padre seduto al ristorante. Poi ricevo una GIF di Snoopy che balla e una serie di emoji: faccia sorpresa, faccia ridente e un cuore.

Do un'occhiataccia a Jack prima di risponderle. Jack stava solo prendendosi gioco di me. Non ho bisogno del suo numero.

E arrivano il numero di telefono e l'e-mail di Faith.

Mamma: *L'hai ricevuto?*

Io: *Sì, ma non ho intenzione di chiamarla.*

Mamma: *Brendan, è ora che trovi una brava ragazza. Faith è meravigliosa. È un insegnante di scuola materna e significa che riuscirebbe a sopportare uno come te. Ah-ah.*

Aggiunge tre emoji con gli occhiali da sole.

Digrigno i denti.

Mamma: *La inviterò a cena domenica. Non voglio farti pressioni. Voglio solo che la conosca. Okay?*

«Come va?» chiede entusiasticamente Jack.

Gli mostro il dito medio. Il giorno in cui uscirò con una donna scelta da mia madre sarà il giorno in cui nevicherà all'inferno. Mai arrendersi!

Io: *Ho già qualcuno da portare al matrimonio.*

Mamma: *Davvero? Beh, allora di che cosa stava parlando Jack? Ha detto che eri l'unico da solo.*

Io: *Stava solo scherzando, come al solito. Pensa che l'abbia inventata e di doverci pensare lui.*

Mamma: *Proprio non riesco a capire che cosa pensa. Bene, non vedo l'ora di conoscerla. Ti voglio bene.*

Mi bruciano le orecchie e sento gli occhi dei miei fratelli su di me. *Ti voglio bene anch'io*, scrivo in fretta e appoggio il telefono a faccia in giù.

«Allora segno due persone?» mi chiede Jack con un sogghigno.

Stringo le labbra fino a farle sparire. «Sì, porterò un'amica. Non questa brava ragazza cattolica che hai cercato di rifilarmi. Che cosa diavolo ti è preso, coinvolgere la mamma in questo modo?» Allungo un braccio sopra il tavolo e gli do una sberla sulla testa.

E lui ride.

C'è solo una donna che posso portare a questo matrimonio che non penserà che signifíchi che faccio sul serio con lei. L'unica amica donna che ho. Se Chloe rifiuterà non la finirò più di sentire i commenti dei miei fratelli. Mia madre probabilmente si presenterà con Faith per appiopparmela. Salvatemi dalle manovre materne. Per favore.

10

Brendan

Stai calmo. Non comportarti come se si trattasse di una cosa importante. È sabato sera e ho invitato Chloe per una pizza e un film. Ho pianificato tutto con molta attenzione perché non sembri premeditato. Non abbiamo cucinato insieme. Stiamo guardando una commedia *Monty Python e il Sacro Graal*. Nessuna donna che conosca lo considererebbe un film romantico. Poi, a un certo punto, la inviterò al matrimonio di Jack, come amici. Dirò che si tratta di mantenere pari il numero di invitati e che è importante per la fidanzata di Jack. Sì, dovrebbe funzionare.

Mi asciugo il palmo sudato delle mani sui jeans mentre cammino avanti a indietro in soggiorno. Chloe è in casa, ma non ho intenzione di andare a controllare che cosa la stia trattenendo. Non è in ritardo, ma, diavolo, vive alla porta accanto. Potrebbe anche venire un po' prima. Forse sputerò il rospo immediatamente. *Chloe, mi accompagneresti al matrimonio di mio fratello? Solo come amici, ovviamente.*

No, meglio cominciare con la faccenda degli amici. *Siamo amici e gli amici possono andare insieme ai matrimoni.* Mi pizzico il naso. No.

Ehi, che cosa fai tra due settimane? Se rispondessi che

andrai a un matrimonio nel New Jersey avresti centrato l'obiettivo. Bleah.

Prendo uno dei cuscini sul divano, lo sprimaccio e lo rimetto a posto. Poi faccio lo stesso con l'altro cuscino, mettendolo al lato opposto del divano. È lì dove mi siederò, a distanza di sicurezza da lei. Amici.

Mi lascio cadere sul divano, mi sdraio e incrocio le caviglie. Forse resterò qui sdraiato e le dirò di entrare, così vedrà quanto sono calmo. Ovviamente dovrò lasciare la porta aperta perché funzioni.

Rotolo giù dal divano, vado alla porta e giro la chiave. Sono a metà strada verso il divano quando sento bussare piano. Il mio cuore manca un battito. Che cos'ho che non va? È solo Chloe. Che probabilmente indosserà un semplice paio di jeans e una canottiera. È sempre vestita così nei fine settimana, colori diversi, curve minute in vista. No. Curve *normali*, come ogni altra donna su questo pianeta.

Vado verso la porta, respirando lentamente a fondo, ordinando al mio cuore di riassumere un normale battito. Non c'è niente di eccitante in questa serata. Niente in gioco. Posso sempre andare con la ragazza che mia madre ha scelto per me. *Uccidetemi subito.*

Apro la porta e appoggio entrambe le mani con finta indifferenza sullo stipite in alto. «Ehi.»

Chloe ha i capelli biondi sciolti, appoggiati alle spalle nude. Indossa una canottiera a coste che aderisce al seno sodo, mostrando appena il contorno del reggiseno, jeans sbiaditi con l'orlo sfrangiato, Keds bianche. Esattamente come mi aspettavo. Ignoro la pressione che sento al basso ventre, il desiderio che scorre nelle vene. Sono il Signor Indifferente.

Lei mi guarda, aggrottando le sopracciglia sopra gli occhi verdi. «Ciao. Uhm, hai intenzione di farmi entrare?»

Mi tiro indietro, rendendomi conto di bloccare completamente la porta. «Che tipo di pizza ti piace?»

«L'unica buona.»

«Salame piccante?»

Lei sorride. «Esatto.»

Come facevo a saperlo? È anche la mia preferita. «La ordino subito.» Prendo il telefono dalla tasca e clicco su uno dei posti vicini che fanno le consegne.

Chloe si avvicina all'orribile quadro sulla parete del soggiorno di cui non riesco a liberarmi. L'ha lasciato mio fratello Connor quando si è trasferito. Sono solo scarabocchi viola e rossi con uno sgargiante punto giallo in mezzo. Teoricamente dovrebbe essere di un artista famoso. Volevo liberarmene, ma, anche se era d'accordo che era veramente orribile, Connor aveva detto che era un regalo di compleanno di nostro fratello Jack, quindi doveva tenerlo. Avevo cercato di scaricarlo a Connor come regalo per la nuova casa quando si era trasferito dalla sua fidanzata, ma Riley aveva detto che non s'intonava con il suo arredamento. Non scherzava. Non s'intona con niente.

«Questo che cosa dovrebbe essere?» Chloe piega la testa da un lato e poi dall'altro. «Primo piano di una molecola?»

Lo guardo con occhi nuovi. Il problema è che non so che aspetto ha una molecola da vicino. Poi mi viene una bellissima idea. «Ti piac?. È tuo.»

Lei arriccia il naso. «No, grazie.»

Torno a ordinare la pizza. «Non riuscirò mai a liberarmene. Jack lo ha dato a Connor come regalo. Connor l'ha lasciato qui quando si è trasferito.»

«Non capisco l'arte moderna» dice Chloe sedendosi sul divano.

«Nemmeno io.» Faccio l'ordine. «Vuoi bere qualcosa mentre aspettiamo?»

Lei scuote la testa. «Sto bene così.»

Ripongo il telefono in tasca e penso alla prossima mossa. È seduta lì, completamente ignara del fatto che sto per rendere pubblica la nostra amicizia. Sarà con la mia famiglia al matrimonio di Jack. Li conosce già un po', da Villroy, ma adesso è diverso. Mia madre sicuramente comincerà a seguirla sui social media. Penso che Chloe le piacerà. È intelligente, gentile e lavora sodo. Bella. Deglutisco, forte. Se Chloe dirà di no al matrimonio, dovrò spiegare perché arriverò da solo. Mi rifiuto di frequentare una brava ragazza cattolica scelta da mia madre. A un certo punto bisogna mettere dei paletti.

Chloe si mette i capelli dietro le orecchie. «Va tutto bene? Mi sembri nervoso.»

Vado verso il divano e mi siedo, cercando di fare l'indifferente. «Sono completamente rilassato.»

«Sono stata contenta di sapere che i tuoi fratelli erano d'accordo sul Finerman's. Mi è sempre piaciuto quel grande magazzino, anche se non potevo permettermi di comprare niente lì.»

Ci siamo tenuti in contatto tramite messaggi. Niente di importante. È quello che fanno gli amici.

«Sì, abbiamo fatto un'offerta e stiamo aspettando di vedere se il proprietario fa una controfferta. Teniamo le dita incrociate.» Mi sembra di non riuscire a mettermi comodo. Do un pugno al cuscino dietro di me e mi spingo contro. Lei è dal lato opposto del divano, con un cuscino tra di noi. Proprio come ci siederemmo Beast e io. Il cuscino centrale è la terra di nessuno.

Chloe mi dà un'occhiata e poi si volta, arrotolando una ciocca di capelli sul dito. È imbarazzante e non dovrebbe esserlo. Le cose sono andate magnificamente la settimana scorsa quando abbiamo passato ore e ore insieme. Eravamo a nostro agio e ora non è così. È per la fottuta richiesta che devo farle. *Sputa il rospo, maledizione!*

«Allora, Chloe, mi stavo chiedendo...» Troppo da rammollito. Comportati come se non ti importasse. Come se stessi chiedendo a un tizio di venire a una partita con te.

«Sì?»

«Mai visto i *Monty Python*?» *Maledizione.*

«No.»

«È il mio film preferito.»

Chloe annuisce. «Bene. Allora fingerò che mi piaccia.»

Mi fa ridere. Ha un senso dell'umorismo caustico che mi sorprende sempre. «Come va il lavoro? Hai superato il periodo delle provette?»

«Non dimenticare il lavaggio delle attrezzature» dice. «Sono la novellina, la più giovane del laboratorio e ho ricevuto una bella predica dal mio capo su come tutti devono fare la loro parte, e non importa quanto pensino di essere intelligenti.»

«Ahi.»

«Già. Giuro che non stavo vantandomi. Ho solo detto chiaramente ciò che avevo già fatto e che cosa speravo di riuscire a fare.» Sospira e si appoggia allo schienale, fissando il soffitto. «Immagino che non avrei dovuto portare il mio CV e gli articoli che ho pubblicato per ricordarglielo. È sembrato che la irritasse.» Volta la testa per guardarmi. «Ha detto di averli già visti con la mia domanda e che non aveva bisogno di rivederli.»

«È difficile con i capi. Bisogna mantenere un equilibrio, rispettare l'autorità e al contempo difendere le proprie idee.» Alzo una mano. «Guarda il lato positivo. Un giorno ci sarai tu a capo di un laboratorio e potrai far fare il lavoro di merda ai novellini.»

C'è un sorriso riluttante sulle sue labbra. «Immagino che qualcuno lo debba fare.»

«Mio fratello Jack si sposa tra due settimane» sbotto. «Nel New Jersey, da dove proviene la sua fidanzata. Il ricevimento è in un country club. Posto veramente elegante.»

Lei annuisce e scalcia via le scarpe.

«Allora, che programmi hai per il sabato dopo questo?»

Lei si volta a guardarmi. «Non lo so, Brendan. Che cosa facciamo?»

Incurvo le labbra in un sorriso che mi ha appena procurato. «Andiamo al matrimonio di Jack, da amici.»

«Devo ballare?»

«No.»

Chloe inclina la testa. «Ci sono dei popcorn mentre guardiamo il film?»

Mi sento così sollevato che l'abbraccerei. Ma non posso superare la terra di nessuno. Lo so. È troppo affascinante, troppo sexy, troppo tutto. E ha intrapreso una strada che non include me. Io non sarò mai niente di così importante come un ricercatore sul cancro. In effetti, non sono alla sua altezza.

Mi alzo. «Credo di avere dei popcorn da microonde da qualche parte.»

«Aggiungi del burro extra per me. Mi piacciono con tanto burro.»

Vado in cucina. «Vedrò che cosa riesco a fare.»

«Indovina chi mi ha chiamato.»

«Non ne ho idea» dico aprendo un armadietto in cerca dei popcorn.

«Michael.»

Mi blocco. Il tizio che le aveva chiesto di sposarlo, a Villroy. «Sì?» riesco a dire, frugando nell'armadietto.

«Già. Dice che è pronto a tornare a essere amici. Vuole vedermi quando tornerò a Villroy in agosto per vedere Sara.» Starà là per un mese. Sento lo stomaco che si stringe dolorosamente.

Scopamici? Come prima? Non mi piace il fatto che mi importi tanto.

Sbatto lo sportello dell'armadietto per chiuderlo. «Niente popcorn.»

«Che fregatura.»

La fisso. «Allora, vi vedrete ancora?»

«Sì. Sono lieta che abbia superato il mio rifiuto. Siamo stati buoni amici.»

Soffio lentamente il fiato. La rivuole. Lo sento.

Vado a mettermi davanti a lei, lasciando il tavolino tra noi due. «Pensi veramente che Michael voglia tornare a essere solo amici dopo tutto ciò che c'è stato tra voi due?»

Lei sbatte gli occhi, sorpresa. «È ciò che ha detto.»

«E tu gli credi?» sbraito.

«Perché ti stai arrabbiando tanto?»

Mi passo una mano tra i capelli. Non sono affari miei. Lo so. Ma non mi piace. «Non sono arrabbiato» borbotto, spostandomi per andare a mettermi nell'angolo del divano più lontano da lei.

«Pensi che stia mentendo?» mi chiede.

«Sì, Chloe, penso che stia mentendo. Nessun uomo vorrebbe tornare a essere solo un amico dopo aver fatto sesso con te. E specialmente dopo averti chiesto di sposarlo. Non funziona così.»

«Ma...» Smette di parlare quando vede la mia espressione. «Okay, grazie per il punto di vista maschile.»

«Certo» borbotto.

Chloe prende il telecomando. «Ti dispiace se guardo la TV mentre aspettiamo la pizza?»

«Lo vedrai comunque in agosto?»

«Lavora a palazzo. Sono sicura che ci capiterà di incontrarci.»

E tornerai a fare sesso con lui? Non posso chiederlo. Appoggio i piedi sul tavolino e incrocio le braccia, fingendo nonchalance mentre la gelosia mi sta scavando un buco nello stomaco.

Lei gira i canali fino a trovare un documentario sulle aree selvagge dell'Alaska. Detesto i documentari. Guardate quello stupido orso bruno che gironzola accanto al fiumiciattolo. Oh, l'ha preso. Grosso pesce in bocca.

Ci scambiamo un'occhiata di entusiasmo condiviso e torniamo a guardare la TV. Che importa se mi fa vedere cose nuove che mi piacciono sul serio? Io le ho mostrato come cucinare. Che cosa le ha mai mostrato Michael? Come fare la guardia a qualcuno? Roba inutile.

Rimugino in silenzio continuando a guardare la fauna selvaggia, che è più affascinante di quanto mi aspettassi. Il telefono suona con un messaggio. La pizza arriverà tra cinque minuti.

Mi alzo. «La pizza sta per arrivare. Vado a prendere qualche piatto, tovaglioli e da bere e poi scenderò nell'atrio ad aspettare il fattorino.»

«Okay.» Lei prende un po' di soldi dalla tasca e me li porge.

«Offro io.»

«Sicuro?»

«Ritirali. Ti ho invitato io, quindi ci penso io.»

«Brendan, sembri nuovamente arrabbiato. Che cosa c'è che ti mette tanto in agitazione stasera?»

«Ascolta, siamo amici, vero?»

«Sì.»

«Quindi te lo dirò da amico. Se vedrai nuovamente

Michael, lui lo prenderà come un incoraggiamento. Se non vuoi ricominciare qualcosa, devi mantenere le distanze.»

Lei mi fissa per un lungo momento, studiando la mia espressione.

Mi sforzo di sembrare l'amico preoccupato. «Ti sto solo dando il punto di vista maschile.»

«Okay, grazie.»

Non dice altro. Accidenti alle sue risposte evasive. Quelle sono roba mia.

Alzo le mani. «Adesso lo sai.»

«Vuoi che ti aiuti a preparare la tavola?»

«No.»

«Okay.»

Sembra tornata di buonumore.

Stringo i denti e vado in cucina. Devo calmarmi, accidenti. Non ho voce in capitolo su quello che Chloe fa a Villroy. O qui. O da qualunque parte. È una donna libera. Non vuole nemmeno ballare con me al matrimonio. Cioè, voglio dire, e se ci fosse un lento? Non vuole stare vicino a me? Ha voltato pagina. E anch'io. Già fatto.

Afferro piatti, tovaglioli e un bicchiere d'acqua per lei. Prenderò una birra per me quando tornerò con la pizza.

«Fai parte del corteo nuziale?» mi chiede Chloe dal divano.

«No. Jack aveva troppi uomini e dovevano essere in numero pari con la parte della sposa. I miei fratelli e io abbiamo tirato a sorte per decidere chi doveva farne parte.» Torno in soggiorno, le porgo l'acqua e preparo il tavolino per la cena.

«Oh, bene.»

Alzo gli occhi. «Perché è un bene?»

«Perché allora avresti avuto una delle damigelle come compagna e ti saresti dovuto sedere con lei e io sarei rimasta da sola. Ero la damigella d'onore al matrimonio di Sara e ho dovuto restare appiccicata a Oscar per un sacco di tempo.» È mio cugino, un principe. La maggior parte delle donne avrebbe adorato stare con Oscar. Era un tale dongiovanni prima di incontrare sua moglie. Terribile, com'ero io. Come sono. Dovrei rimorchiare una donna e alla svelta.

«Vado a prendere la pizza.» Sto per uscire quando Chloe mi ferma con un'altra domanda.

«Passeremo la notte nel New Jersey dopo il matrimonio?»

Mi fermo. È un viaggio di quasi due ore. *Vuole passare la notte con me?* C'è una colazione la mattina successiva a casa dei genitori della mia nuovissima cognata. Non è obbligatoria, però. Ho affittato un'auto per poter andare e venire come voglio, a seconda di come mi sentirò dopo il matrimonio.

Mi volto lentamente, con il polso che batte forte. «Potremmo passare la notte lì o tornare a casa. Che cosa preferiresti?»

Lei si morde il labbro e distoglie gli occhi. «Qualunque cosa vada bene per la tua famiglia. Me lo stavo solo chiedendo.»

Ed è la risposta più ambigua che abbia mai sentito.

«Probabilmente a loro piacerebbe vedermi a colazione il giorno dopo, quindi passeremo lì la notte.» Aspetto, cercando di valutare la sua reazione.

«Perfetto» dice impassibile.

Immagino di sapere a che punto sono. Sembra a disagio con quell'idea. Non fa niente. Francamente non mi importa. Può tornare alla sua pseudo-relazione a distanza con Michael e io... io me la farò passare.

Spalanco la porta ed esco. Pizza e un film. Ecco tutto.

Prendo la pizza, do la mancia al fattorino e torno di sopra, deciso a tornare su un terreno solido. Basta con questa stupida speranza di poter avere qualcosa di più. Ci sono un mucchio di donne là fuori a cui piacerebbe stare con uno come me.

Mi precipito dentro l'appartamento, spaventandola. «Non passeremo là la notte.»

«Okay» dice, con la voce che sale di tono alla fine, quasi fosse una domanda. Abbassa le sopracciglia mentre mi osserva. «Che cosa diavolo hai stasera?»

«Niente. Pensavo solo che sarebbe meglio non protrarre il fine settimana più di quanto assolutamente dobbiamo. I matrimoni sono stancanti.» Vado al tavolino e deposito le scatole della pizza.

«Brendan, non vuoi che venga al matrimonio di Jack? Preferiresti andare da solo? Ti capirei perfettamente.»

«Te l'ho chiesto io; hai detto sì.» Alzo il coperchio della scatola. «Mangia.»

Lei mi fa il saluto militare. «Sissignore!»

Mi sfugge una risata e mi siedo accanto a lei, prendendo una fetta per me. «Furbastra.»

Lei sorride. «Non posso farne a meno.»

«Già, nemmeno io.»

«Vedere i tuoi fratelli che si sposano ti fa venire voglia di farlo anche tu?» mi chiede, prima di dare un grosso morso alla pizza.

Apro la bocca per dire di no, ma ciò che esce è: «A volte». Uhm. Forse mi sto evolvendo. I miei fratelli maggiori sono più felici di quanto li abbia mai visti prima. Forse è contagioso.

Chloe annuisce e beve un sorso d'acqua. «Già. Quando vedo Sara con il piccolo Henry, penso che un giorno mi piacerebbe diventare mamma.»

«Non una moglie?»

Chloe alza una spalla. «Immagino che un uomo faccia parte del gioco.» Fa una smorfia buffa, arricciando le labbra. «Un tale fastidio con tutto quel testosterone e le pretese.»

«Ah! E che ne dici di tutti quegli ormoni che infestano le donne? Su e giù con l'umore. Dio ti aiuti se le becchi nel momento sbagliato del mese.»

«Sessista.»

«Lo sei anche tu.»

Chloe sospira. «A volte vorrei essere lesbica. Molto più semplice.»

«Sarebbe ancora meglio se incontrassi una collega, medico e lesbica.»

Chloe dà un morso alla pizza e parla a bocca piena: «Peccato che mi piaccia tanto il cazzo».

«Già» gracchio. Grazie al cielo non ho ancora bevuto la birra altrimenti la starei sputando. Già così, il mio uccello è tornato in vita a quel linguaggio crudo. Chloe può anche sembrare angelica, ma non è timida. Una volta mi ha detto di non avere inibizioni a letto. È materiale per i miei sogni lussuriosi.

Chiudo gli occhi per un secondo, ordinando al mio cazzo di restare giù. *Venti gelidi, cipolle ammuffite, appuntamenti fissati da mia madre.* Ecco, molto meglio.

«Vado a prendere una birra.»

Tengo la testa nel frigorifero un po' più a lungo del dovuto, solo per l'aria fresca.

11

Chloe

È strano come mi sia affezionata in fretta a Brendan. Stiamo andando a una chiesa nella parte nord del New Jersey in una bella giornata di sole, l'ultimo fine settimana di giugno, con la musica rock a tutto volume. Di solito i miei rapporti con gli uomini tendono a essere temporanei, solo per soddisfare i reciproci bisogni fisici. È passato un mese da quando mi sono trasferita nell'appartamento accanto al suo e devo ammettere che è meraviglioso. Non vedo l'ora di passare ogni fine settimana con lui, anche se è solo per fare una passeggiata o prendere una pizza. È la prima persona con cui voglio parlare della mia giornata e l'ultima con cui voglio parlare la sera. Abbiamo una politica delle porte aperte, entriamo a qualsiasi ora nell'appartamento dell'altro e ci mandiamo messaggi di frequente. E pensare che non sarebbe successo se non mi fossi trasferita qui per lo stage.

Guardo il suo profilo mentre guida, i suoi lineamenti mi sono cari, la cicatrice sbiadita accanto al sopracciglio, gli zigomi alti e la barba corta. È così bello nell'abito grigio. Ogni volta che sono tentata di superare quel confine, e capita spesso, mi ricordo che ha un'altra donna. Potrebbe trattarsi di più donne, per quanto ne so. Deglutisco, con lo stomaco sottosopra e distolgo gli occhi. Non ho il diritto di sentirmi ferita ma non riesco a farne a meno. Siamo intimi in tanti modi. È dura sapere che resta fuori tutta la notte il venerdì sera. *Smettila, ha invitato te al matrimonio, non un'altra donna, perché gli piace stare con te più che con tutte le altre.* C'è decisamente un vantaggio nell'essere amici intimi invece di una delle tante... no, niente da fare. Non pensarci.

Brendan svolta nel parcheggio della chiesa. «Eccoci arrivati. Pronta?»

«Pronta.» Prendo la pochette e apro la portiera, attenta a scendere dall'auto senza mostrare le mutande a nessuno. Indosso un abito da cocktail verde acqua con le spalline sottili e lo scollo a V. Il tessuto è raccolto in pieghe diagonali sul corpino e fa sembrare che abbia più curve di quelle che ho. Mia sorella si è assicurata che abbia vestiti per tutte le occasioni, una volta diventata co-proprietaria del casinò di Villroy. Siamo andate a far compere in alcune delle migliori boutique di Parigi. I vestiti sembrano proprio fatti per figure minute come la mia.

Brendan appare al mio fianco e chiude la portiera dietro di me. «Avrei dovuto aprirtela io.»

«Sono perfettamente capace di aprire una portiera.»

Lui si china verso di me. «Sì, ma sei con me. Solo amici, ma comunque... Mio padre è pignolo per quanto riguarda le buone maniere e noterà se non ce la metterò tutta a rispettare l'etichetta dei gentiluomini o roba simile.»

Strano ma okay.

Mi offre il braccio e io lo fisso. Lui mi prende la mano e l'appoggia sul suo avambraccio, poi comincia a camminare verso la chiesa. Di colpo sono intensamente consapevole della sua presenza, del calore del suo braccio attraverso la manica della giacca grigia, del suo profumo. Fisso diritto davanti a me.

«Scommetto che oggi Jack farà uno scherzo.»

«Il giorno del suo matrimonio?» dico stupita.

Brendan ride. «Ogni giorno, ma specialmente quando nessuno se lo aspetta.»

«Se fossi la sposa sarei furiosa.»

«Oh, lei è terribile come lui. Si fanno continuamente degli scherzi.»

«Quindi sono perfetti l'uno per l'altra.»

«Nessun'altra potrebbe sopportarlo» dice Brendan con una risata.

Appena mettiamo piedi nella chiesa, due uomini in smoking nero ci porgono un programma. Sono i suoi fratelli – stessi capelli scuri e occhi azzurro cielo – anche se non ricordo quali sono perché la somiglianza è veramente forte. E Dylan, il maggiore, spicca per il suo contegno. Gli altri tre sono un'immagine sfocata di capelli castano scuro, zigomi alti e quantità variabili di barba.

«Sean, ce l'hai fatta ad arrivare» dice Brendan dando a uno dei due un abbraccio fraterno e una pacca sulla schiena.

«Sono arrivato intorno a mezzanotte» dice Sean sorridendo. Ha i capelli corti e solo un accenno di barba che gli scurisce le guance. «Non potevo mancare al grande giorno di Jack. Riparto domani. Sfortunatamente Josie non è potuta venire, doveva stare sul set anche durante il fine settimana. A volte è così che va con le ore sindacali.»

Brendan ci presenta, ricordando ai suoi fratelli i nostri legami di famiglia e raccontandomi di loro. «Josie è sua moglie, un'attrice. Sta girando un film.»

Connor, con i capelli scuri più lunghi in cima e quella che si potrebbe definire una vera e propria barba, guarda Brendan con un'espressione interrogatoria. «Sposo o sposa?»

«Sì» risponde Brendan, dando un ceffone scherzoso al fratello.

Connor indica intorno alla sua testa. «Chloe, non avevi i capelli rossi al ballo di Natale a Villroy?»

«Sì, solo una cosa temporanea.»

Sean mi fissa. «Giusto. Brendan voleva invitarti a ballare.» Inarca le sopracciglia. «Vedo che ha funzionato.»

«Oh no, siamo solo amici» dico immediatamente.

«Sì, amici» ripete Brendan.

Lo colgo con la coda dell'occhio mentre fa il gesto di tagliarsi la gola rivolto ai suoi fratelli.

Connor sogghigna. «È sempre bello conoscere un'amica di

Brendan.» Mi consegna un programma e indica la parte destra della chiesa. «Quella è la parte dello sposo.»

Brendan mi guida lungo la navata, con la mano appoggiata sulla schiena che mi scalda attraverso il tessuto sottile del mio vestito. Considerando il fatto che mi ha invitato come amica, mi ha già toccato più oggi di quanto abbia fatto nel mese che è passato. Eccetto quel bacio bollente la sera in cui abbiamo preparato i tortellini. Mi piace fingere che sia stato solo un sogno.

Mi guida in seconda fila, dove sono già seduti Dylan e sua moglie, che ha in braccio la loro adorabile bambina. Sento una stretta al cuore. La bambina ha una cuffietta bianca con un delicato disegno di rose e il vestito in tinta. Le sorrido e lei ricambia il sorriso, con due dentini bianchi che appaiono in basso. *Awww.*

Brendan fa le presentazioni. Dylan, Ariana e la piccola Olivia. Sono affascinata da questa bambina felice. Appena mi siedo accanto ad Ariana, Olivia si tende verso di me e mi picchietta la guancia con la sua manina paffuta.

«Come sei carina» le dico, con la voce che si usa coi bambini. «Ti piace giocare a cucù?» Mi copro la faccia con una mano e sbircio tra le dita. Lei mi fissa, concentrata. Lascio cadere la mano e sorrido dicendo: «Cucù!». Lei strilla e saltella tra le braccia della madre.

Ariana mi sorride, con i gentili occhi castano scuro. «Hai un talento naturale.»

«So come intrattenere un bambino» dico, coprendomi di nuovo la faccia. «Ho un nipotino.» Faccio di nuovo cucù e Olivia ride come una matta. «Adoro i bambini.»

Ariana si china in avanti. «Hai sentito, Brendan? Sembra promettente.»

Mi blocco e guardo verso Brendan, che non sembra allarmato come me. Strano. Mi rivolgo ad Ariana: «Siamo solo amici. Ottimi amici, veramente».

«Carino» mormora, scambiando un'occhiata con suo marito seduto dall'altra parte.

Non mi credono. Mi volto verso Brendan e sento tirare dolorosamente i capelli. *Ahi.* Ansimo e metto una mano dietro la testa per tenerli a posto. La bambina me li ha afferrati.

«Mi dispiace» dice Ariana, cercando di liberarmi dalle dita della bambina. «È affascinata dai capelli biondi. Ma la maggior parte di noi è bruna.» La bambina tira su e giù i capelli finché suo padre le afferra il braccio mentre sua madre cerca di allentare le dita. *I bambini non conoscono la propria forza.* «Fa la stessa cosa con la fidanzata bionda di Connor.»

Colgo Brendan che cerca di non ridere. Stringo gli occhi e la risata gli scappa.

I suoi genitori – li ricordo da Villroy – sono seduti in prima fila, proprio davanti a noi. Probabilmente hanno meno di sessant'anni e sembrano molto uniti. La signora Rourke si volta a sorriderci e poi si acciglia. «Olivia, ti abbiamo regalato una bambola bionda, quindi smettila di aggredire le donne bionde. Lasciala andare, tesoro.»

«Va tutto bene» dico io con una smorfia di dolore.

Finalmente la bambina lascia la presa. La signora Rourke tende le braccia verso la nipotina e Ariana gliela passa. La signora Rourke la fa rimbalzare per un po' sulle ginocchia. «Mi sembri familiare» mi dice con un sorriso, con gli occhi azzurri che scintillano proprio come quelli di Brendan. «Ci siamo già conosciute?»

«Villroy» dice il signor Rourke. «Ricordi, la sorella della moglie del principe Adrian. Che bello vederti in questa occasione speciale.»

«Grazie, è un piacere rivedere anche voi.»

«Questa è Chloe Travers, futuro medico» dice Brendan. «Si è trasferita nell'appartamento accanto al mio e da allora stiamo passando un po' di tempo insieme.»

«Un medico?» chiede entusiasta la signora Rourke, con un sorriso brillante. «Wow, in che ramo?»

«Il mio obiettivo è la ricerca sul cancro» dico.

I suoi genitori mi fissano con la stessa identica espressione di sorpresa.

«Chloe è un genio» aggiunge Brendan. «Prenderà la laurea di primo livello alla Columbia in soli tre anni.»

Sento le guance che scottano. «Non sono un genio.»

Brendan lo dice sempre. Ci vuole più dell'intelligenza per fare ciò che ho fatto io. È questione di etica del lavoro. Studio come una matta durante l'anno scolastico. Sto imparando adesso a rilassarmi un po' durante le vacanze.»

«È meraviglioso. È una nobile causa» dice la signora Rourke.

Il signor Rourke inarca un sopracciglio. «Allora, che cosa ci vedi in questo tizio?» Arruffa i capelli di Brendan, le cui orecchie stanno diventando rosso fuoco. «Scherzo perché gli voglio bene, Chloe. Vedrai» dice facendomi l'occhiolino.

Brendan si liscia i capelli, con una smorfia sul viso. I suoi genitori si voltano quando lo sposo e i suoi testimoni appaiono all'ingresso della chiesa.

Mi chino verso Brendan e gli sussurro all'orecchio: «Vedo da chi hai preso il tuo lato scherzoso».

«È un tratto di famiglia» borbotta. «Non si riesce a sfuggirgli.»

«Ho l'impressione che tu dia più di quanto ricevi.»

Lui mi prende la mano e la stringe, con la bocca che si solleva da un lato, mettendo in mostra la sua fossetta. Ha accorciato la barba e questo rende la sua adorabile fossetta ancora più evidente. Vorrei essere immune al suo fascino. «Mi conosci così bene.»

E adesso ci stiamo tenendo per mano.

Io fisso diritta davanti a me, col calore che mi invade per il più semplice e più innocente dei gesti.

La cerimonia è una serie di immagini sfuocate, anche se cerco veramente di concentrarmi. Voglio vedere Jack e Riley fare uno scherzo. Tutti i miei sensi sono sintonizzati sull'uomo accanto a me, la sua mano grande e calda che stringe fermamente la mia più piccola. Sono sia nervosa sia confortata da questo contatto. È così quando il tuo miglior amico si trasforma in un boyfriend? E chi dice che lui lo vorrebbe? E le sue donne del venerdì sera?»

Jack solleva il velo della sposa ripiegandolo sulla testa. Lei sta piangendo. Lui le prende il volto tra le mani per un momento senza tempo che mi fa venire un groppo in gola. Non riesco a vedere il volto di Connor. *Sta piangendo anche lui?* Perché la gente piange ai matrimoni? È un'occasione felice.

Brendan mi stringe la mano e mi ritrovo a chinarmi verso di lui. Qualche minuto dopo, dichiarano Jack e Riley marito e moglie. Tutti applaudono e Brendan fischia forte. Poi la coppia felice percorre la navata. L'abito della sposa ha un lungo strascico, che lei raccoglie su un braccio mentre cammina, sorridendo a tutti. Niente lacrime in vista. *Così va meglio.*

Brendan mi guida verso il corridoio centrale con la folla che segue lentamente la coppia felice. Lui mi resta appiccicato, sento il suo calore sulla schiena. La nostra bolla di spazio personale sembra essere sparita. Ma è un matrimonio in famiglia. Non credo che sia possibile mettersi nei guai. Non è che faremo sesso al ricevimento nel country club.

Brendan mi sussurra all'orecchio e sento un brivido che mi scende lungo la schiena: «Non ho mai pensato che Jack finisse per sposarsi. Non è mai stato a lungo con qualcuno. E intendo dire *mai*».

Volto la testa per guardarlo. «Tu sei mai rimasto a lungo con qualcuno?»

Lui mi sorride. «No.»

Guardo in avanti. Decisamente fa sesso con donne diverse il venerdì sera. Mando giù la bile. Non posso permettermi di pensarci.

Si allineano tutti sul vialetto davanti alla chiesa per congratularsi con la sposa e lo sposo. Poi Brendan mi tira davanti a tutti e dice sottovoce: «Non ti avevo detto che ci sarebbe stato uno scherzo?».

«Adesso?» chiedo, guardandomi attorno.

Sean e Connor ci fanno segno di avvicinarci dall'angolo della chiesa. La gente sta lentamente tornando dentro. Interessante.

Una volta lì, Connor mi porge uno strano oggetto. Sembra un mattone gonfiabile. «Getteremo loro questi invece dei semi per uccelli.»

Sean annuisce. «Aspettate finché stanno per salire sulla limousine per andare al ricevimento. Li lanceremo tutti quando ci farà segno Sam.» Indica un tizio sui gradini della chiesa.

Prendiamo posto e aspettiamo. «Ti sembra una cosa appropriata?» chiedo a Brendan, tenendo il mattone dietro la schiena. La sua famiglia è veramente strana, in modo divertente. Mi piace.

«Te ne parlerò dopo» mi risponde. «Fai finta di niente.»

«Allora, questa è stata un'idea della sposa o dello sposo?»

«È stata un'idea di Sam per fare uno scherzo ai due che li fanno in continuazione. È il fratello di Riley e il miglior amico di Jack.»

Aspetto e osservo. La famiglia di Brendan continua a scambiarsi occhiate e sorrisi. L'amore tra di loro è così palese, come una cosa viva che li unisce tutti. Sento una fitta di invidia. Brendan non ha idea di come sia fortunato.

«Sposi, davanti a tutti. Preparatevi per il commiato!»

Jack e Riley risalgono i gradini e salutano tutti con la mano, sorridendo radiosi. Tutti si raccolgono accanto ai gradini e si mettono in fila lungo il marciapiede.

«Vi presento il signor e la signora Walsh-Rourke» annuncia Sam, indicandoli e facendo a noi un cenno con la testa. *Il segnale!*

Riley ride e scendono i gradini mentre noi lanciamo loro i mattoni gonfiabili. Entrambi ne afferrano uno come souvenir. Su un lato c'è la scritta color argento Walsh-Rourke. Si affrettano lungo il vialetto verso la limousine mentre i mattoni rimbalzano su di loro.

Mi volto, trovando Brendan che ride con i suoi fratelli e Sam, entusiasti del loro scherzo.

Mi vede e viene da me, tirandomi lontana dalla folla. «Probabilmente penserai che siamo pazzi a tirare mattoni agli sposi.»

«No-o-o.»

Brendan mi guarda scettico. «Già.»

«Okay, sì. Qual è la storia?»

«Una volta, tempo fa, Jack e Riley si erano lasciati. No, aspetta. Prima Jack aveva regalato a Riley un mattone con inciso il suo nome quando erano sposati in segreto ma non lo

sapeva nessuno, ma, per farla breve, non era un vero matrimonio. Poi, con un gran gesto romantico, Riley aveva fatto
cambiare l'incisione in Walsh-Rourke, facendo così sapere a
Jack che voleva sposarlo per davvero, nei secoli dei secoli,
amen.»

Sorride. «Bello.»

Le bacio la tempia. «Sapevo che avresti capito.»

Copro la mia sorpresa per il bacio inaspettato con un
sorriso allegro. «È ora di andare al ricevimento.»

Brendan mi tiene la mano sulla schiena, guidandomi attraverso il parcheggio, fino all'auto a noleggio. «Allora, ti dirò
fin d'ora che non *sei obbligata* a ballare con me.»

«Lo so.»

«Ma che mi piacerebbe se lo facessi.» Si allontana e balla
un valzer con una partner immaginaria, mentre le auto
passano zigzagando verso le diverse uscite.

Attento!

Corro da lui, lo afferro per le spalle. «Ti farai investire da
un'auto, pazzoide!»

Lui lascia cadere le braccia e torna verso la nostra auto.
«Meno male che ho te.»

Le sue braccia intorno a me sembrano così naturali, come
se fossimo veramente una coppia. Mi permetto di fingere che
lo siamo. Solo per oggi.

12

Brendan

La cena è finita e sono seduto al tavolo, aspettando che Chloe torni dal bagno. Il country club è elegante, con le colonne bianche davanti, tanti lampadari all'interno, oltre a lucidissimi pavimenti di legno. Non riconosco nemmeno la metà della gente che c'è. Un mucchio di anzianotti. Immagino siano gli amici dei genitori di Riley, tutti membri dello stesso country club. La sua famiglia dev'essere piena di soldi. Non è il mio stile, ma Jack sembra proprio a suo agio mentre chiacchiera con i genitori di Riley al tavolo di testa. Buon per lui.

Mi guardo attorno, dove sono seduti i fratelli che non fanno parte del corteo nuziale. Siamo io, Beast e Dylan, più la donna che ha portato Beast (sembra che gli piaccia) e la moglie di Dylan, Ariana con la loro bambina. Hanno portato un seggiolone per Olivia, che non sta mangiando, ma solo giocando con un sonaglino e una tartaruga morbida. Anche i miei genitori sono seduti con noi, ma in questo momento sono in giro a socializzare.

Qualcuno si siede al posto di Chloe e sono sul punto di dire che è occupato quando mi rendo conto che è mia madre. «Ehi, cucù» dice in tono scherzoso. Sembra che abbia già bevuto qualche bicchiere di champagne.

«Ehi anche a te.» Mia madre ha cinquantotto anni ma sembra parecchio più giovane. La pelle chiara ha solo poche rughe, niente grigio nei capelli scuri e lunghi fino alle spalle ed è piena di energia. Era indispensabile, per tenere in riga sei ragazzi turbolenti. Io ero il più monello, ma Jack mi seguiva a ruota, con tutti i suoi scherzi.

Mia madre mi sorride e mi stringe la spalla. «Dov'è Chloe?»

«Tornerà subito. È solo andata in bagno.»

«Mi piace. Intelligente, seria e un medico!»

«Già, è proprio lei.»

«Comunque mi preoccupa il fatto che tu la stia illudendo. Quanti anni ha, ventuno?»

«Venti» mormoro.

«Sì, e quando una ventenne esce con un uomo più vecchio, può aspettarsi qualcosa di più serio.»

Scuoto la testa. «Non è così. Siamo solo amici.»

Lei mi dà una pacca sulla spalla. «Sì, bella storia.»

«No, davvero. Chiedilo pure a lei.»

Mia madre aggrotta le sopracciglia. «Oh. Lo champagne deve aver attutito il mio radar materno.»

Beast s'inserisce nel discorso parlando dall'altro mio lato: «Brendan spera di uscire dalla friendzone, ma non sa come. Due parole, fratello: ballo lento». Indica la pista da ballo.

La sua nuova ragazza, Tara, sorride e gli accarezza il petto. Lui appoggia una mano sopra quella della ragazza.

Lo guardo storto. Come se avessi bisogno di consigli del mio fratellino sulle donne. «Non sono incastrato nella friend-zone. Noi *vogliamo* essere amici. Chloe frequenterà una facoltà di medicina e ha davanti a sé anni e anni di studio.» *È destinata a grandi cose. E io no.*

Seduto lì, circondato da tutte quelle coppie che si amano, comincio a pensare che l'amore per me non arriverà mai. E la cosa più stupida è che non l'avevo mai voluto e adesso sono geloso perché non ce l'ho. Dev'essere stata la cerimonia nuziale con tutto il suo contorno che mi ha messo questa ridicola idea in testa.

«Shh, shh» dice mia madre, sedendosi di colpo diritta.

Come quando arriva l'insegnante, dopo aver lasciato i ragazzi a loro stessi in classe. Beccati! Ha decisamente bevuto la sua parte di champagne.

Mi volto lentamente. Chloe è lì e il suo sguardo passa da me a Beast a mia madre. «Parlavate di me?» chiede con una vocina sottile.

Mia madre si alza e le stringe un braccio. «Stavamo solo dicendo cose carine, tesoro.» Si guarda attorno cercando mio padre e si precipita da lui che le mette un braccio sulle spalle mentre parlano con gli altri anziani.

Chloe si siede, si mette i capelli dietro le orecchie e fissa il tavolo, estremamente a disagio.

Mi chino verso di lei. «Era solo curiosa riguardo a noi due. Le ho detto che siamo amici.»

Lei annuisce, continuando a fissare il tavolo.

Dall'altra parte del tavolo, Ariana attira la nostra attenzione: «Ehi, ti piacerebbe tenere Olivia per un po'. Sta morendo dalla voglia di giocare ancora a cucù con te».

«Mi piacerebbe» dice Chloe e va da loro. Appena ha la bambina in braccio, si rilassa, facendole le moine. Non so che cosa c'è nei bambini piccoli che tira fuori questo lato caloroso, amorevole in lei. So solo che vorrei vederlo più spesso.

Chloe è nuovamente seduta accanto a me al nostro tavolo e sembra più rilassata, dopo aver chiacchierato con Ariana e tenuto in braccio la bambina. I membri del corteo nuziale stanno ballando un lento e vorrei tanto anch'io ballare un lento con Chloe. Voglio solo una scusa per toccarla, che però non mi metta nei guai. Per dire, non ho intenzione di pomiciare con lei sulla pista da ballo, circondati dalla famiglia e dagli amici.

Chloe si volta verso di me. «Pensi che ci saranno altri scherzi questa sera?»

Mi tiro indietro e guardo Jack e Riley che ballano. «Garantito. Anche se non sono sicuro che sarà pubblico. Jack potrebbe farle uno scherzo durante la loro prima notte di nozze.»

Chloe arriccia il naso. «Completamente sbagliato. Dovrebbe essere la tua notte speciale e romantica, cuori, fiori e roba simile, non credi?»

«Ti sei persa la cosa più importante.»

Lei volta di colpo la testa verso di me, spalancando gli occhi. «Brendan!»

«Che c'è?»

«Non dire cose sconce!» disegna un cerchio intorno a sé. «Bolla di spazio personale.»

Alzo le mani. «Io non ho detto niente di sconcio. Sei tu che hai riempito gli spazi vuoti.»

Lei mi dà una spallata. «Inoltre non ho voglia di pensare a tuo fratello che scopa.»

Al mio fianco, Beast ridacchia e mi rendo conto che la voce di Chloe è arrivata fino a lui. Abbasso la voce, sperando che lo faccia anche lei dato che stiamo parlando sconcio, e continuo: «A chi ti piacerebbe pensare in quella situazione?».

«Blaze.»

Mi irrigidisco. In effetti non mi aspettavo che rispondesse. «Ah sì, il buon vecchio Blaze.» Chi diavolo è questo tizio? Come mai non l'ho mai visto entrare da lei? Probabilmente è un genio, collega di laboratorio. Spero che usi un proteggi-tasca e abbia le braccia scarne.

La fisso, aspettando una spiegazione. Questa donna è una camera blindata, mentre sorseggia indifferente l'acqua e osserva le coppie che ballano.

Le parlo a denti stretti: «Questo Blaze ha un cognome?».

I suoi occhi verdi brillano divertiti. «Non gliel'ho mai chiesto.»

«Quindi è una faccenda piuttosto informale.»

Lei si morde il labbro, cercando di non sorridere. «Niente legami.»

Mi sa che mi sta prendendo in giro. «L'hai inventato.»

«No. Blaze esiste e ci incontriamo regolarmente.»

Una fitta di pura gelosia mi costringe a sedermi eretto. «Come mai non ne ho mai sentito parlare finora?»

Lei alza una spalla con indifferenza. «Non pensavo che ci confidassimo roba del genere.»

«Beh, potremmo farlo.»

Chloe torna seria. «Non ho nessuna voglia di conoscere i crudi particolari delle tue avventure del venerdì notte, quindi fermiamoci qui, okay?»

Apro la bocca e poi la richiudo, cercando di decidere come giocarmela. Ho veramente bisogno di sapere che cos'ha in ballo con questo Blaze. D'altro canto, ho finto di incontrare una donna il venerdì sera quando resto fuori tutta la notte. Si arrabbierà perché ho mentito, anche se è per il suo bene. È molto più facile rispettare i confini quando lei si tiene a distanza.

Il DJ annuncia: «Tutti in pista per il prossimo ballo leeento. Forza, non siate timidi».

Uno per volta, i miei fratelli si alzano dal nostro tavolo, portando con sé mogli e ragazze. I miei genitori erano già sulla pista da ballo a fare fotografie, quindi si uniscono anche loro. C'è perfino la piccola Olivia, in braccio a Dylan mentre balla con sua moglie. Adesso il nostro tavolo è vuoto, tranne me e Chloe.

L'unico sopravvissuto.

Mi chino e le sussurro all'orecchio, con la voce roca e sensuale: «Tutti i miei fratelli sono sulla pista da ballo con le loro donne».

Lei si volta e la sento tirare bruscamente il fiato. «Avevi detto che non avrei dovuto ballare.»

Piego di lato la testa. «Non farmi sembrare un salame.» È uno dei suoi modi di dire preferiti. *Salame*. Chloe è divertente, nel suo modo strano.

Lei mi guarda da sotto le ciglia. «Mi piace il salame.»

Rido, le prendo la mano e la sollevo. «Vieni, puoi farcela a fare un ballo lento.»

Lei mi segue senza dire una parola, con la mano nella mia.

Una volta sulla pista da ballo, le appoggio le mani sui fianchi. Potrei ballare un valzer, lasciando più spazio tra di noi, ma non è quello che voglio. Lei mi mette le braccia intorno al collo un attimo dopo e quasi sospiro di sollievo. Ondeggiamo a tempo di musica mentre respiro il suo dolce profumo floreale. È silenziosa, fissa un punto oltre la mia spalla e non so dov'è la sua testa in questo momento.

«Che cosa ti piace tanto dei bambini?» le chiedo.

Lei si illumina, guardandomi negli occhi. «Sono così dolci, hanno un profumo così buono. Fresco e nuovo. Inoltre hanno bisogno di tutto. Nessuno ha mai avuto bisogno di me per qualcosa.»

Ci penso. È la sorella minore, quindi è stata Sara a prendersi cura di lei.

«Non ti sei mai presa cura di una bambola, oppure di un cane o un gatto o qualcosa?»

Lei sbuffa. «Non potevamo tenere animali nel nostro appartamento e una bambola non è la stessa cosa. Immagino di poter dire che mi prendo cura di me stessa, ma non è bello come curare un piccolino.»

«Beh, hai fatto un lavoro magnifico con Kablum.» È la sua bambolina troll portafortuna.

«Immagino di sì» dice Chloe ridendo.

La tiro più vicina, con la mano sulla sua schiena. Lei non si tira indietro, in effetti, sembra che si stia sciogliendo contro di me. Non riesco a trattenermi. È troppo forte l'attrazione. Voglio molto di più. Non parliamo ma in un certo senso sembra che i nostri corpi parlino da soli. Le sue curve morbide premute contro di me e il calore che cresce tra di noi.

La canzone passa a un ritmo veloce e Chloe si stacca.

«Non fa per me» mormora, tornando al nostro tavolo.

Non insisto, le do spazio e raggiungo Jack e i suoi amici al centro della pista da ballo. Lui mi mette un braccio sulle spalle e mi sorride. Vorrei essere felice come lui. Tutti questi matrimoni, vedere i miei fratelli maggiori trovare una compagna, più felici di quanto lo siano mai stati, mi ha veramente colpito. Mi fa pensare che forse c'è qualcosa di buono nell'imparare a conoscersi.

Do un'occhiata a Chloe che sta leggendo qualcosa sul suo telefono. Probabilmente l'ultima ricerca sulla genetica. È così diversa da me, ma sembra che ci adattiamo in molti modi. Non so come potrebbe funzionare tra di noi, con lei che andrà a studiare medicina e io ancorato qui, ma abbiamo *adesso*. Non varrebbe la pena di provarci?

Chloe

Le cose sono diventate un po' rischiose sulla pista da ballo con Brendan. Mentre mi teneva tra le braccia, sembrava così reale tra di noi. Eppure non posso negare il fatto che esca con altre donne. Non credo che mi veda come una conquista; la nostra amicizia è reale. Ma c'è questa innegabile attrazione tra di noi che entrambi cerchiamo di ignorare. Mi fa sentire triste e confusa. Non ho tanti amici intimi come Brendan nella mia vita. Sembra che ci stiamo lentamente spostando verso un terreno infido e non voglio perderlo.

Appena torna al tavolo, arrossato dopo aver ballato, gli dico: «Non credo che dovremmo ballare altri lenti».

Lui mi picchietta la punta del naso e avvicina il volto al mio. «Non ricordo di averlo chiesto.» Si lascia cadere sulla sedia e si toglie la giacca, appoggiandola sullo schienale. Poi allenta la cravatta e slaccia i primi due bottoni della camicia bianca, mettendo in mostra il torace sexy.

Guardo diritto davanti a me. *Bello, Chloe, guardarlo di nascosto mentre sei seduta qui, preoccupata di perdere la sua amicizia.* Non credo di essere mai stata così confusa quando si tratta di un uomo.

Brendan si rilassa, allargando le ginocchia e appoggiando il braccio sullo schienale della mia sedia. Ci sta provando con me o sta soltanto allargandosi, in quel modo tipicamente maschile? Immagino che abbiate capito che le cose non mi sono molto chiare quando si tratta della specie maschile. Dovrei leggere qualcosa sulla loro psiche, cercare di capire qualcosa. Se la trasformerò in un'esplorazione scientifica, forse sarò meno confusa.

Il resto del ricevimento va relativamente liscio. Brendan e io parliamo moltissimo e mi porta in giro, presentandomi alla gente nella sua famiglia. Scambio i soliti convenevoli ma tutto ciò su cui riesco a concentrarmi è il palmo della mano di Brendan sulla mia schiena o il suo sorriso o la sua mano che tiene la mia. Sono tocchi casuali, rassicuranti, che sto cominciato a desiderare con tutta me stessa.

Torniamo a Brooklyn quella sera tardi. Io mi addormento in auto, quindi sono intontita quando torniamo nel nostro palazzo, ma appena arriviamo alla mia porta mi sveglio. Brendan è silenzioso ma c'è un'intimità confortevole tra di noi, dopo aver passato ore insieme a parlare, toccarsi, desiderarsi.

Lui mi guarda, con gli occhi azzurri intensi, l'espressione seria. «Grazie per essere venuta con me.»

«È stata una bella giornata.»

Lui mi guarda negli occhi e tutto quello cui riesco a pensare è il classico bacio della buonanotte alla fine di un appuntamento. Ma questa è un'uscita tra amici, giusto? Giusto?

Gli tendo la mano da stringere. Lui la guarda per un lungo momento, senza muoversi. La trasformo in un saluto agitandola, con le guance che scottano.

Lui mi prende la mano e sfiora le mie nocche con le labbra, con gli occhi semichiusi. Sento un fremito percorrere il braccio e lo stomaco che fa un salto mortale.

«Bren» dico con la voce che trema un po'. Sta ancora tenendomi la mano.

La sua voce è roca, sensuale, lo sguardo famelico: «Sì?».

Devo rimanere forte, aggrapparmi a ciò che abbiamo, specialmente sapendo che lui non mi desidera nel modo in cui lo desidero io. È stato con altre donne. «Abbiamo posto dei paletti e per un buon motivo. Mi resta solo un mese di stage prima di partire per Villroy e poi tornerò a scuola.»

Lui lascia andare la mia mano. «Vedrai la tua guardia a Villroy, vero?»

«Sì, siamo amici.»

Lui si arrabbia. «So esattamente che tipo di *amicizia* avevi con lui.»

«Non è più così.»

«A lui non è passata, Chloe. Se provava qualcosa di tanto

forte da chiederti di sposarlo, posso garantirti che cercherà di riconquistarti.»

«Non è il caso di essere geloso. Posso avere amici maschi. Come te e me.»

«Neanche lontanamente» dice a denti stretti.

Deglutisco il groppo che ho in gola. Brendan non è mai arrabbiato con me. Le cose stanno per andare a rotoli tra di noi nonostante tutti i miei sforzi. Il pensiero mi fa mancare il fiato, una sensazione di panico che mi fa desiderare disperatamente di rimediare.

Brendan fa un passo indietro, la sua voce è aspra: «Buonanotte, Chloe». Si volta e va verso il suo appartamento, alla porta accanto.

«Aspetta, Brendan!» Lo raggiungo. «Non ho nessuna intenzione di tornare a com'era prima con Michael. Potrebbe incoraggiarlo a pensare che abbiamo un futuro. E non è così. Io ho intenzione di restare negli Stati Uniti a lungo termine e lui sta a Villroy, okay?»

Brendan incrocia le braccia e mi studia per un lungo momento. «Perché me lo stai dicendo?»

«Semplicemente perché non voglio che tu sia arrabbiato.» Mi torco le mani. «È finita tra me e Michael. In effetti, mi ha rispedito le cose che avevo lasciato a casa sua. Ma se lo rivedrò a Villroy, ed è sicuro perché lavora a palazzo, non ho intenzione di snobbarlo. Non voglio ferire nessuno.»

Brendan lascia cadere le braccia e sembra rilassarsi un po', anche se sembra ancora arrabbiato con me. «E Blaze, allora?»

Arrossisco furiosamente e mi metto sulla difensiva. «E che ne dici del fatto che stai regolarmente fuori tutta la notte, a rimorchiare donne a caso?»

Ci guardiamo sfidandoci. Il fatto che faccia sesso con donne a caso è ben peggio di me che uso Blaze. Il fatto che mi senta offesa deve vedersi, perché vinco la sfida.

Lui alza le braccia. «Ho mentito, okay? Ecco. L'ho detto.»

Sbatto gli occhi un paio di volte, risistemando nella mente quello che credevo realtà. «Ma...»

Lui si passa le mani nei capelli, mettendoli in disordine.

«*Vorrei* smettere di pensare a te abbastanza a lungo da dare a qualcuno almeno una seconda occhiata!»

Mi manca il fiato.

Brendan si mette le mani sui fianchi. «Resto a dormire in casa di un amico in città dopo una lunga serata. Ecco tutto.» Gesticola furioso. «Io e Stewie. Il mio sexy appuntamento del venerdì sera.»

«Oh.» Ho il cuore in gola, l'adrenalina a mille. «Blaze non è un uomo. È così che chiamo il mio vibratore.»

Gli sfugge un sorriso mentre scuote la testa. «Ci sono cascato in pieno.» Espira bruscamente. «Quindi a che punto siamo?»

Comincio a sudare freddo. «Non lo so.»

Lui si avvicina di un passo. «Chloe, dimmi che provi qualcosa per me.»

Mi mordo il labbro. Non ho mai provato qualcosa di così profondo e, inaspettatamente, mi fa paura. Tutti quelli che mi erano vicini mi sono stati strappati. Prima i miei genitori, poi mia sorella quando si è trasferita a Villroy per stare con Adrian. Dovevo dare a Sara la sua libertà, se la meritava. Non significa che abbia fatto meno male. Sono sempre quella lasciata indietro. Non posso correre ancora questo rischio.

Sento lo stomaco che si stringe, il sudore che cola lungo la spina dorsale. «Brendan, sei importante per me. Voglio che resti nella mia vita e...» praticamente le parole mi soffocano, non riesco a guardarlo negli occhi, «... gli amici durano più degli amanti.»

Lui mi pizzica il mento, obbligandomi a guardarlo negli occhi. «Sto parlando di una relazione.»

«Non posso» dico piano.

Lui lascia cadere le mani e va nel suo appartamento, senza dire un'altra parola.

Fisso la sua porta chiusa per un momento, con gli occhi che scottano per le lacrime prima di andare alla mia porta. Entro e vado diritta in camera. Appoggio la pochette sul comodino e mi butto sul letto, gettando un braccio sugli occhi che bruciano. La nostra amicizia è finita per sempre solo perché non voglio quello che vuole lui. Non capisce quant'è rischioso lasciarsi andare ai sentimenti? Possono distruggerti. È per quello che non permetto a nessuno di avvicinarsi tanto.

Tiro su col naso e mi metto seduta. Vorrei chiamare Sara ma poi mi rendo conto che è notte piena a Villroy. Non posso svegliarla, specialmente visto che il piccolo Henry la fa alzare ancora regolarmente di notte. È tardi perfino in Texas, quindi non posso chiamare la mia amica Lindsey. L'unico amico che so essere sveglio è la persona che mi ha lasciato in questo stato di agitazione.

Lascerò che si calmi e cercherò di parlargli domani. Non permetterò che la nostra amicizia finisca così facilmente. Non posso perderlo.

13

Brendan

La mattina seguente, come prima cosa vado a fare una corsa. Ho fatto pressioni su Chloe per avere di più e la sua risposta è stata chiara: diavolo no! Non è pronta per una relazione e proprio io, il re delle avventure di una notte, non posso prenderla sul personale. Semplicemente non è al mio stesso punto nella vita. È giovane, con un mucchio di lavoro davanti a sé, un lungo e arduo percorso per arrivare a essere una ricercatrice. Sapete, la cosa mi ha colto di sorpresa, ma sono pronto per una relazione seria. Guarda un po'. Sto crescendo. Vado verso il parco vicino, facendo un inventario mentale delle donne che ho conosciuto che varrebbe la pena di chiamare. Ci potrebbe essere del potenziale che non mi sono mai preso la briga di esplorare.

Comincio con una corsa leggera. C'era quella bruna con i piercing. Come si chiamava? O forse quella rossa...

Chloe al ballo di Natale.

No, non pensare a lei.

Morbidi capelli biondi, occhi verdi, pelle liscia e perfetta, quelle labbra con l'arco di cupido in cima. Cazzo! *Esci dalla mia testa, Chloe.*

Corro più forte, ma non serve. La mia mente torna continuamente a Chloe. Che cosa posso fare con lei? Resterà qui ancora per un altro mese e poi tornerà a Villroy, dove il suo ex la starà aspettando. Dice che non tornerà con Michael, ma sono sicuro che lui tenterà di riconquistarla. Chi non lo farebbe? È meravigliosa, bella, brillante, divertente e sexy. Uffa. Non me la toglierò mai dalla mente.

Corro più forte finché non riesco a pensare a nient'altro che al prossimo passo, il prossimo respiro. Se solo potessi mantenere questo passo.

Rallento dopo un po', ma poi succede una cosa sorprendente mentre riprendo fiato, mi sento in pace. Non ho più intenzione di lottare. Mi sto innamorando di lei e questo significa che passerò tutto il tempo che potrò con lei, che finiamo o meno a letto. Voglio solo stare con lei. Forse capiterà, tra noi due, quando sarà pronta. Non avrei dovuto farle pressioni.

Cammino verso casa, fradicio di sudore e stanco. Nuovo piano: stai tranquillo. Non metterò un'etichetta a ciò che abbiamo, non insisterò per fare più di quanto abbiamo fatto finora. Il matrimonio di Jack mi ha fatto pensare a qualcosa di più, ma non avrebbe dovuto. Io non sono Jack, dopotutto.

Tutto ciò che so è che non sprecherò quest'ultimo mese che ho con lei. L'accetterò in qualunque modo lei voglia. Non è patetico come sembra, mi rassicuro. Si chiama aprire gli occhi e vedere veramente la meravigliosa donna della porta accanto e apprezzarla proprio così com'è.

Una volta a casa, faccio una doccia e decido di chiarire le cose con Chloe. Vedrò se vuole fare qualcosa di neutrale, come giocare a frisbee nel parco. Niente di grave se dirà di no. So quant'è importante il lavoro per lei. Sono sicuro che è in casa. È sempre in casa la domenica mattina, anche se è già quasi mezzogiorno.

Dopo la doccia, mi dirigo al suo appartamento proprio mentre lei sta uscendo dalla porta con un grosso contenitore di plastica. Lei resta immobile sulla soglia, fissandomi.

«Ehi, stavo giusto per venire a vedere...» Smetto di parlare. «Dove stavi andando?»

Lei sorride, incerta. «Io, uhm, ho preparato i biscotti glassati.» Alza il contenitore.

Fisso i biscotti. Nessuna donna ha mai preparato dei dolci per me. So che cosa significa per lei. I biscotti sono il suo modo di regalare qualcosa col cuore. Mi ha raccontato, con nostalgia, che li preparava con Sara, crescendo. Prova qualcosa per me. C'è speranza. Mi sento travolgere da un'ondata di affetto e mi sento di colpo più leggero.

Alzo la testa e sorrido. «Grazie.»

Lei espira, con gli occhi pieni di lacrime. «Prego.» Fa un passo indietro in modo che io possa entrare.

Prendo il contenitore con una mano e l'abbraccio con l'altro. «Va tutto bene?»

Lei annuisce con le labbra strette, come se cercasse di non piangere. «Sì.»

Alzo il contenitore. «Perché?»

Lei fissa il mio petto. «Mi è sembrato che le cose ci siano sfuggite di mano ieri sera e speravo veramente di poter restare amici. Non voglio perderti.» Ha la voce soffocata dall'emozione. Devo significare qualcosa di importante per lei. È tutto ciò che mi serve sapere. Non so come funzioneranno le cose o se funzioneranno, ma ciò che abbiamo è reale e mi basta.

Chloe è nervosa, si mordicchia il labbro. Mi viene da pensare che potrebbe essere spaventata perché questa faccenda delle relazioni è una novità per lei. Viene a galla il mio istinto protettivo, il desiderio di rassicurarla.

Abbasso la testa, guardandola negli occhi. «Ehi, va tutto bene. Non eri obbligata a farli.» Sollevo il contenitore e sbircio dentro. Ci sono strati su strati di minuscoli biscotti. «Che cosa dovrebbero rappresentare?»

«Oh.» Si mette a ridere e toglie il coperchio al contenitore. «Non sono riuscita a trovare uno stampo per biscotti negli armadietti, ma c'erano questi piccoli stampi per ritagliare le foglioline, sai quelle per decorare le crostate.» Prende una fogliolina dal contenitore. «Si usano per decorare la parte sopra. Ne ho fatte così tante.» Le ci devono essere volute ore per ritagliare e cuocere al forno tutti quei minuscoli biscotti. Tutto per me.

Ne assaggio uno. «Buono.»

Chloe sorride. «Sono lieta che ti piacciano.»

«Prendine uno.»

Lei ne prende uno ma non lo mangia. «Allora possiamo farci compagnia oggi?» Sembra esitante, come se io potessi rifiutare. Sono stato così brusco ieri sera oppure è solo preoccupata perché non vuole perdermi?

«Certamente. È una bella giornata. Pensavo ad andare al parco a giocare a frisbee. Potremmo mangiare qualcosa mentre siamo fuori. A meno che tu debba studiare.»

Lei alza la testa, con gli occhi verdi che scintillano. «Ho deciso di prendermi i fine settimana liberi in estate.» Si ficca in bocca il biscotto.

«Davvero? L'intero fine settimana? Sei sicura che gli articoli sulla ricerca non si accumuleranno, negletti, dottor Travers?»

Lei sorride, scuotendo la testa. «Un uomo saggio una volta mi ha detto che gli scienziati fanno le loro scoperte migliori quando fanno pause regolari.» Quello sarei io, per ragioni completamente egoistiche.

«Cosa? Sembra un tizio che spreca il suo tempo.»

«No, avevi ragione. Ne ho bisogno, altrimenti mi brucerò prima di raggiungere il mio obiettivo.»

«Allora sono saggio, eh? Nessuno mi aveva accusato di quel crimine prima d'ora.»

Ci sorridiamo a lungo. Penso che sia felice come me di ricominciare a tenerci compagnia.

Mi do una mossa. «Giusto, lasciami portare questi biscotti nel mio appartamento e prendere il frisbee.»

«Perfetto. Ci vediamo tra qualche minuto. Devo prendere la crema solare e un cappello.»

Mi volto per andare e poi mi fermo, voltandomi verso di lei. «Che cosa farai il Quattro Luglio?» È un giovedì e io non dovrò lavorare per tutto il lungo fine settimana.

«Non lo so. Tu che cosa farai?»

Sorrido. «Tu verrai al barbecue della mia famiglia. Per mio

padre ha assunto un'importanza straordinaria da quando è diventato cittadino americano. Conosci già tutti. Sarà divertente.»

Lei mi punta un dito addosso, sorridendo. «Ci sto.»

Il mio cuore batte un po' più forte quando mi sorride. Torno nel mio appartamento, sentendomi già più leggero.

~

Chloe

Tutto quello che posso dire è grazie al cielo che Brendan non porta rancore. Siamo di nuovo amici e andiamo avanti e indietro da un appartamento all'altro a tutte le ore. Avevo tanta paura di averlo perso per sempre. È talmente una brava persona e so che posso dirgli tutto. Ascolta veramente quando gli parlo del mio lavoro al laboratorio, che continua a non essere granché, non come tutte le cose interessanti che mi sono ripromessa di ricercare in futuro. Segue anche sorprendentemente bene la conversazione, se si considera che ha studiato biologia e chimica solo a livello della scuola superiore. È intelligente, caloroso e talmente cordiale che mi fa sentire leggera e felice solo ad averlo intorno.

Ma ci sono momenti...

Momenti violenti che mi tolgono il fiato, quando l'attrazione tra di noi è una forza così potente che muoio dalla voglia di superare quella linea, anche se mi terrorizza il pensiero di rovinare tutto. Come faccio a continuare a restare solo un'amica quando le sensazioni che provo sono tutt'altro che amichevoli? Non sono sicura di riuscire a resistergli ancora per molto. Sara mi ha detto una volta che quando incontri la persona giusta vale la pena di correre il rischio, per quanto faccia paura. Parla per esperienza, ma mi sembra che dare una possibilità a Adrian fosse molto meno rischioso. Erano amici d'infanzia e avevano avuto anni per costruire la fiducia prima di superare quella linea. Qui non è la stessa cosa. Mi ha anche detto che tendo a chiudermi quando le cose diventano troppo intense, ma non mi sembra che sia così con

Brendan. Non mi chiudo per niente. In effetti, dopo averlo visto sono talmente elettrizzata, i miei nervi sono talmente scoperti che mi ci vogliono ore per rilassarmi abbastanza da dormire. Con lui sono aperta, vulnerabile e la cosa folle è che continuo a non volerlo lasciare andare. Significa che è la persona giusta per me? Io sono la persona giusta per lui? Non lo so proprio.

Cammino avanti e indietro nel mio appartamento, le gambe che tremano per il nervosismo, la sensazione che mi manchi il fiato. Brendan arriverà presto per portarmi al barbecue del Quattro Luglio e temo di aver ingigantito mentalmente questo fine settimana. Ho fatto un patto con me stessa di prendermi l'intero week-end libero al solo scopo di passare con lui più tempo possibile. È l'unico modo per capire se è la persona giusta per cui correre il rischio.

Brendan bussa alla porta, usando il nostro codice segreto, che poi è un bussare rapido come quello di un picchio. È abbastanza irritante da essere divertente. Solo che il mio respiro accelera troppo per permettermi di ridere.

«Solo un attimo» dico, sforzandomi di assumere un tono allegro. Chiudo gli occhi e immagino Sara con i suoi occhi dolci e il sorriso amorevole che mi incoraggia a buttarmi. La mente va a lei e Adrian, seduti vicini sul divano, che osservano Henry. Mi calmo pensando a quel dolcissimo bambino.

Apro la porta. «Buon Quattro di Luglio!»

Il suo sorriso è dolce, mi guarda e il mio nervosismo sparisce. «Guardati, tutta rosso, bianco e blu.»

Faccio una riverenza. «Grazie.» Indosso una canottiera bianca, blue jeans con un cardigan rosso legato intorno alla vita, per la sera. Immagino che staremo alzati fino a tardi, per vedere i fuochi d'artificio e potrebbe fare fresco. «E dov'è il tuo rosso, bianco e blu?»

Lui guarda in basso, picchiettandosi un po' dappertutto. «Qui, da qualche parte.»

Ha una maglietta nera e pantaloncini da basket neri. «Hai i boxer con la bandiera americana?»

Lui allarga la cintura degli short, guarda in basso e poi dà una seconda occhiata, come se fosse sbalordito da quello che indossa. «Diavolo di Tasmania.» È così divertente.

«Davvero?»

Lui inclina la testa. «Vuoi dare una sbirciata?»

Arrossisco immediatamente. «Andiamo» dico passandogli accanto.

«Sicura?» continua scherzando e tenendo aperta la porta per me.

«Sì, sono sicura» dico voltando la testa e ridendo.

«Più tardi indosserò un mantello con la bandiera americana» dice mentre scendiamo le scale. «Come un Super Americano.»

«Capitan America, intendevi dire.»

«Generale America. Mi piace pensare a me più come a un generale.»

«Ovvio.»

Brendan apre la pesante porta d'ingresso, tenendola aperta per me. Io passo sotto il suo braccio ed esco al sole di una perfetta giornata estiva, che scintilla di promesse.

«Chloe» mi chiama una voce profonda.

Mi volto e resto di ghiaccio, con lo stomaco che si stringe. «Michael» sussurro.

Lui si avvicina, dando un'occhiataccia a Brendan prima di rivolgersi a me: «Ti ho vista con lui a Villroy. Siete una coppia adesso?».

Mi gira la testa. Non riesco a credere che sia qui, così lontano da Villroy. Come mi ha trovato? Poi ricordo che gli ho dato il mio indirizzo perché mi spedisse la mia roba. «Michael, non avevo idea che avessi in programma una visita.»

Lui incrocia le braccia muscolose sul petto. «Ovviamente.»

Brendan gli tende la mano da stringere. «Non ci siamo presentati ufficialmente. Brendan Rourke.»

Michael lo ignora.

Mi rivolgo a Michael: «Brendan è il mio vicino di casa e un amico. Stavamo giusto uscendo per andare a un barbecue».

«Chloe, posso parlarti da sola?» chiede Michael.

Mi viene un pensiero orribile. «Aspetta, è successo qualcosa a Sara?»

«No, sta bene» mi dice. «È una cosa tra te e me.»

Mi rilasso un po' e guardo Brendan. Ha i denti stretti, il corpo teso. «Un minuto, va bene?»

Indico a Michael di spostarsi più avanti sul marciapiede. Non voglio invitarlo a casa mia. Voglio mantenere questa cosa in pubblico perché ho la sensazione che andrà molto, molto male. Essere venuto fin qui per vedermi, specialmente quando sa che andrò presto a Villroy, beh, non è una cosa che fa un normale amico.

«Che c'è, Michael? Perché sei venuto qua? Ti ho detto che verrò a trovare Sara tra poche settimane.»

«Sapevo che oggi non avresti lavorato e non potevo aspettare ancora per vederti.»

Mi mordicchio il labbro. «Non avevi bisogno di venire fin qua.»

Lui mi mette una mano sul braccio. «Io ti amo, Chloe. Non smetterò mai di amarti e questo tempo passato lontano da te è stato...» gli manca la voce. «... così difficile. Mi sono reso conto del mio errore. Non davo al tuo lavoro la considerazione che merita, che *tu* meriti. Non avrei dovuto chiederti di frequentare la facoltà di medicina in Francia. Ho deciso di trasferirmi negli Stati Uniti per stare con te.»

Mi manca il fiato. «No, Michael. Non farlo. Hai un ottimo lavoro a Villroy, con l'alloggio gratis e tutto il resto. Non c'è niente di simile qui per te.»

La sua voce è roca per l'emozione. «Il mio lavoro non significa niente, se paragonato a te.»

Mi sento sprofondare il cuore, perché non provo per lui ciò che lui prova per me. Guardo Brendan alle mie spalle e sento un'ondata di affetto al solo vederlo. È in quel momento che capisco: Brendan è già nel mio cuore, anche se pensavo di averlo tenuto saldamente chiuso. Dev'essere la persona giusta per me.

Brendan fa un passo avanti e io scuoto la testa. Non voglio che venga qui. Mi volto verso Michael. «Mi dispiace. Non provo gli stessi sentimenti. Penso che dovresti andare.»

Lui guarda furioso oltre la mia spalla. «A causa sua?»

«Non ha niente a che vedere con lui. Si tratta di me.»

Ma lui sembra non sentirmi. Lui va a grandi passi verso Brendan e lo affronta. *Merda!* I due si squadrano.

Corro da loro. «Indietro. Brendan è un amico, Michael.»

Lui non toglie gli occhi da Brendan, fissandolo pieno d'ira, quasi naso contro naso.

A questo punto faccio appello a Brendan. «Per favore, Bren, lascia perdere.»

Brendan stringe gli occhi, la voce ridotta a un ringhio feroce. «Metti una mano addosso a un Rourke e il tuo lavoro è finito. Ti farò bandire da Villroy per sempre. Il tuo dovere è proteggere la famiglia Rourke, qualunque cosa succeda.»

«Non parlare a me del mio dovere» sbotta Michael. Ma fa un passo indietro.

«Lieto che ci capiamo.»

Michael gli dà un'altra occhiata furiosa prima di indicare me. «Ecco una cosa che dovresti sapere di Chloe. È senza cuore. Un guscio vuoto. Te l'ha detto che non piange mai? Non ha pianto nemmeno quando sono morti i suoi genitori.»

«Michael!» gliel'avevo detto in confidenza.

Lui continua: «È diventata muta, chiudendo fuori il mondo». Punta un dito verso Brendan. «Chiuderà fuori anche te. È così che fa.»

«Dovresti andartene» gli dice piano Brendan.

Michael fa un passo verso di me. «Chloe...»

Brendan gli afferra il braccio, tirandolo via da me. Michael piroetta e butta Brendan sul marciapiede con un rapido movimento.

Corro da Brendan, chinandomi sopra di lui per proteggerlo e volto la testa verso Michael. «Vattene!»

Michael arriccia le labbra. «Lo vuoi perché è di famiglia reale? Sei come tua sorella, piccole arrampicatrici sociali. Non sei migliore di me, sei solo un'orfana squattrinata che non voleva nessuno.»

Sbatto le palpebre, senza parole. È questo che pensa veramente di me? Ho sempre avuto Sara. E lei non è un'arrampicatrice sociale. Lei e Adrian erano amici fin da quando erano bambini. L'avevo detto a Michael. Sta solo cercando di ferirmi.

Brendan si rialza e mi mette un braccio sulle spalle. «Ti ha detto di andartene.»

Fisso Michael e parlo con un tono basso, con la furia che ribolle in ogni sillaba: «Mia sorella è la persona migliore, più amorevole, più generosa che conosca. Un giorno spero di essere proprio come lei e non ha niente a che vedere con chi ha sposato. Non parlare mai più di lei in quel modo o mi assicurerò che suo marito lo venga a sapere. Ti sbatterà fuori talmente in fretta che ti girerà la testa».

«Tu sei incapace di amare» urla, prima di andarsene.

Ho un groppo in gola e le parole fanno male perché suonano vere. Ho sempre temuto di non riuscire ad amare veramente. Amo mia sorella e mio nipote, ma è diverso. Forse non sono in grado di dare a Brendan l'amore che si merita e questo significa che non sono la persona giusta per lui. No. Non posso permettere che Michael decida per me. È arrabbiato e si sta sfogando. Ho lo stomaco sottosopra, il dubbio che permane nella mente.

«Mi hai difeso» dice Brendan, spostandosi per guardarmi in faccia. «Hai messo il tuo corpicino tra un uomo virile e un assassino addestrato.»

Lo controllo, di colpo preoccupata. «Ti ha gettato sul cemento. Sei ferito? Ti fa male da qualche parte. Hai bisogno del kit di pronto soccorso?»

Lui m'infila una ciocca di capelli dietro l'orecchio. «Tu non sei senza cuore, Chloe.»

«Lo so.» *Sono spezzata.* Resta l'orribile verità.

Lui mi appoggia la mano sulla guancia. «E *io* so che provi qualcosa per me.»

Ho le farfalle nello stomaco, i nervi allo scoperto. Vorrei confermare, ma ciò che esce dalla mia bocca è: «Siamo amici».

I suoi occhi sono gentili e anche il suo tono. «Penso che sia ora di smetterla di negare ciò che c'è tra di noi.»

«Non lo sto negando.»

«Allora baciami.»

Ho il cuore che batte forte, le mani che tremano. Non

voglio che sappia quanto mi terrorizzi il pensiero di fare quel passo, quindi bluffo. «Che cosa dimostrerebbe? Stai cercando di convincermi a fare sesso con te?»

«Certo, facciamo sesso.»

È un po' troppo indifferente riguardo a quello che per noi è una cosa grossa!

Sono furiosa e spaventata e scossa per la visita inaspettata di Michael e le sue parole dure. Alzo la testa, chiudendo i pugni per impedire alle mani di continuare a tremare. «Bene, andremo a letto insieme e poi vedrai che rovinerà tutto...» mi manca il fiato, «... e tu scapperai a gambe levate.»

«Vuoi scommettere?»

Ci fissiamo per un momento pieno di tensione.

Non so chi si muove per primo, ma sbattiamo l'uno contro l'altra, baciandoci selvaggiamente, proprio lì, sul marciapiede. Le braccia forti di Brendan intorno a me sono l'unica cosa che mi àncora in mezzo alla tempesta di emozioni che mi travolgono. Tutto il desiderio, tutte le emozioni che ho represso si riversano in questo bacio. Sono fuori controllo.

Dopo un lungo momento Brendan interrompe il bacio, tenendomi stretta. Mi rilasso. Mi sento sicura tra le sue braccia e non tremo più. La sua voce è roca, la sento vibrare nel suo petto. «Di sopra.»

Non è una domanda.

Saremmo sempre arrivati a questo punto. Lo sapevo fin dalla prima volta in cui siamo stati vicini.

Lui mi tende la mano, la prendo e lo seguo nel palazzo e di sopra.

14

Chloe

Brendan apre la porta del suo appartamento, mi afferra di nuovo la mano e mi porta verso la camera da letto. Niente paroline dolci, niente seduzione. È diretto e va subito al punto. È un uomo che capisco.

Si ferma accanto al letto e mi tira vicina. Mi prende il volto con la mano, gli occhi che bruciano. «Chloe, è tanto che aspetto questo momento.»

Mi fermo. «Hai mai voluto essere mio amico? Oppure era solo un modo per arrivare a questo punto?»

Lui spalanca gli occhi. Si riprende e mi incornicia il volto con entrambe le mani. «Volevo starti vicino in qualunque modo possibile. Ho ignorato l'attrazione anche se era una tortura. Ho solo bisogno di stare con te.»

Mi manca il fiato. Ha bisogno di stare con me. Non vuole, ha bisogno. Nessuno ha mai avuto bisogno di me per nessuna cosa. «Perché?»

«Perché sei unica. Non incontrerò mai una donna altrettanto brillante, sexy e divertente come te.»

Sbatto le palpebre, stupefatta. Mi sono sentita dire che ero brillante, ma nessuno mi ha mai definita divertente in vita mia. Solo gli uomini con cui sono andata a letto mi hanno detto che ero sexy. «Sei tu quello divertente.»

«Insieme siamo divertenti.» Abbassa la testa e mi bacia dolcemente. «Perché sei così piccola?»

Ridacchio. È quasi trenta centimetri più alto di me. Gli do uno spintone scherzoso verso il letto. Lui coglie il suggerimento e si siede sul letto, tirandomi in grembo, a cavalcioni.

«Molto meglio» dice contro le mie labbra prima di sigillare la bocca sulla mia. Inclino la testa, approfondendo il bacio e la sua lingua entra a giocare. Sento il desiderio che si accumula nel basso ventre. Brendan mi appoggia la mano sul sedere, tenendomi vicina mentre il desiderio esplode. Il bacio diventa selvaggio, fuori controllo mentre il fuoco divampa tra di noi.

Brendan smette di baciarmi per rialzare la canottiera e sfilarmela, gettandola dietro di me, procedendo poi a fare lo stesso con il reggiseno. Mi accarezza il seno, mentre la bocca torna sulla mia. Infilo le dita tra i suoi capelli, con la pressione che aumenta a dismisura. Gioca con i pollici con le punte dure dei miei capezzoli, inviando fitte di piacere in tutto il corpo. Afferro la sua maglietta e gliela tolgo.

Lui mi rimette in piedi e mi spoglia del cardigan legato in vita, dei jeans e delle mutandine. Poi si spoglia anche lui, continuando a mangiarmi con gli occhi. Appena è nudo mi lancio verso di lui.

Lui ricade sul letto, portandomi con lui e poi mi rotola sopra, appoggiando i gomiti sul materasso ai lati della mia testa. Mi accarezza la guancia. «Chloe.» Ha la voce roca, l'espressione tenera.

«Bren» sussurro.

Lui mi tiene il volto con la mano e mi bacia. Allargo ancora le gambe, ho bisogno di più. Ma lui non ha fretta, mi bacia come se avesse tutto il tempo del mondo. Poi si sposta, lasciando una scia di baci lungo la mandibola e il collo.

«Perché sei così delicato?»

Lui affonda la lingua nell'incavo tra le mie clavicole e lascia una scia bollente lungo una di esse. Io mi dimeno irrequieta sotto di lui.

Lui alza la testa. «Perché è la prima volta in cui facciamo l'amore.»

«Preferisco scopare.»

Gli tremano le labbra mentre cerca di non ridere. «Mi piace quella boccaccia.» Deposita un bacio leggero all'angolo della mia bocca e poi sull'altro. Apro le labbra, sospirando. Lui traccia la mia bocca con un dito, studiando le labbra prima di mordicchiare il labbro inferiore e poi succhiarlo. Sento il piacere che si diffonde.

Mi prende il lobo dell'orecchio tra i denti e lo tira un po'. Sfiora l'orecchio con le labbra prima di dire: «Ho intenzione di prendermi tutto il tempo necessario».

Io gemo.

Si solleva abbastanza da infilare una mano tra le mie gambe, accarezzandomi pigramente. «Ti piacerebbe se ti prendessi forte e in profondità?»

«Sssì» sibilo mentre le sue dita fanno un incantesimo lento e sensuale, e la sua voce è quasi ipnotica.

«E poi, per il secondo round, ti solleverò sopra di me e ti farò sedere sulla mia faccia.» Infila le dita dentro di me mentre il pollice continua con il suo ritmo costante.

Sto respirando affannosamente, ma riesco a dire: «Sì». A un certo punto si è spostato di fianco a me. Io sono troppo preda del piacere per curarmene.

«E poi ti volterò e ti impalerò su di me.» Fa qualcosa con le sue dita che mi fa vedere le stelle. Muovo ritmicamente, ciecamente i fianchi, con il piacere che aumenta.

La sua voce è ruvida: «Ti permetterò di cavalcarmi secondo il tuo ritmo finché prenderò il controllo, prendendomi ciò di cui ho bisogno mentre mi preghi di farti venire».

La pressione dentro di me aumenta, mentre immagino ciò che descrive e lui continua a lavorarmi con le dita. Gemo piano, il bisogno così totale, l'orgasmo appena fuori dalla mia portata.

Improvvisamente, il suo tocco diventa leggero come una piuma. Spalanco gli occhi. «Per favore, Bren.»

Ricomincia a baciarmi e le dita riprendono il loro passo.

Inarco i fianchi e lui li spinge nuovamente in basso, continuando la sua sensuale tortura.

Gemo profondamente, di gola.

Brendan interrompe il bacio. «Mi piacciono i tuoi gemiti gutturali. Ancora, Chloe.»

E poi si sposta lungo il mio corpo, giù, sempre più giù e la sua bocca si chiude sul mio sesso. Gli afferro i capelli, tirandoli ciecamente, e dalla mia bocca escono grida gutturali. La sua bocca è diabolica, le dita instancabili e mi spingono sempre più su. *Sì!* È di questo che ho bisogno. Il mio intero corpo si curva e io mi spezzo, l'orgasmo mi travolge in una marea di piacere. Crollo ansimante.

Brendan si sposta, sollevandosi sopra di me, si ferma un attimo per succhiare il mio seno, tirando piano i capezzoli. Gemo piano. Mi lascia per il tempo necessario a prendere un preservativo dal comodino. Poi, finalmente, è dove lo voglio, incuneato tra le mie gambe che gli avvolgo in alto intorno alla vita, mentre lui mi penetra con una spinta forte, gemendo come me.

Mi tiene il volto con la mano mentre dà spinte lente e profonde. Ci guardiamo negli occhi, il nostro fiato si mischia, i nostri corpi sono vicini quanto possono esserlo due persone. È potente, travolgente. Ho la gola chiusa per l'emozione e chiudo gli occhi, incapace di sopportare l'intensità del momento.

Brendan si sposta, ma sta solo riposizionandosi, inginocchiandosi tra le mie gambe e tirandosi una delle mie caviglie sulla spalla. Mi bacia dolcemente il polpaccio prima di sollevare l'altra gamba sulla spalla e baciare anche quel polpaccio. Poi mi afferra i fianchi e si spinge dentro forte, facendomi mancare il fiato. I nostri sguardi si incontrano mentre il piacere mi consuma. Infila una mano tra di noi, passandola dalla gola al seno, pizzicando forte il capezzolo e facendomi ansimare, prima di scendere sullo stomaco e poi tuffarla tra le gambe. Le sue carezze sono leggere come una piuma, mentre le spinte sono forti. E l'insieme mi accende.

I suoi occhi luccicano. Sembra sapere di che cosa ho

bisogno prima che possa dirlo. Il mio corpo si stringe intorno a lui mentre il piacere sale.

«Bren.» Sto praticamente implorando.

Mi fissa negli occhi ed è tutto lì: il piacere, l'amore, la tenerezza. E poi l'ordine: «Adesso» ringhia.

Mi lascio andare, un'esplosione di piacere che si irradia attraverso di me mentre mi tiene stretta, dando forti spinte e continuando a darmi piacere. I suoi gemiti aspri mentre si lascia andare mi regalano un altro brivido.

Si sposta e si sistema di fianco a me, voltandomi finché siamo sul fianco, lui contro la mia schiena. Mi bacia la spalla. «Baby, appena mi sarò ripreso, ti prenderò proprio così.» Tira indietro la mia gamba, appoggiandola sopra la sua. «Sarai completamente aperta per una scopata profonda.»

Rabbrividisco. Dipinge un'immagine erotica che mi eccita più di quanto pensassi possibile solo usando le parole. «Saremo in ritardo per il barbecue della tua famiglia.»

«Arriveremo in tempo per la cena invece del pranzo.»

«Non si chiederanno dove sei?»

«Priorità. Chloe. È da troppo che aspettavo questo momento.» Mi volta la testa verso di lui e mi bacia sonoramente sulla bocca. «Ti piace quando sono aggressivo. Ne hai bisogno.»

«Mi fa smettere di pensare» ammetto, voltandomi sul fianco e appoggiando la testa sul suo cuscino. «Passo troppo tempo rinchiusa nella mia testa.»

La sua voce romba accanto al mio orecchio. «Ne ho bisogno anch'io. Siamo una bella coppia.»

Sento aumentare il nervosismo. «Oh, Blaze.» *Tizio sbagliato, ah ah.* Devo evitare di diventare troppo seria, devo abituarmi a poco a poco.

Lui mi dà un piccolo morso sul collo. «Blaze.» Sento il sorriso nella sua voce.

La domanda che mi viene in mente e che non oso fare è: *E adesso?*

~

Brendan

Osservo Chloe mentre alza la testa, esaminandosi il collo nello specchio del bagno. «Ho irritazioni da barba?»

«No.» *Sì.*

Abbiamo scopato per ore ma la voglio di nuovo. Da dietro, le avvolgo le braccia intorno alla vita, strofinandole il naso sul collo. Non troppo forte. Dopotutto stiamo andando a casa dei miei genitori.

«Bren.» Sembra le manchi un po' il fiato. «I succhiotti fanno tanto scuola superiore.»

«Grazie.» Infilo la mano sotto la canottiera, accarezzandole il fianco. «Ehi, non avevo previsto che avresti rotto il tuo voto di castità per il Quattro Luglio? Ed eccoci qui.»

«Non era un voto, più...» Ansima quando le pizzico il capezzolo. «Non possiamo ritardare ancora. Ci stanno aspettando.» Mi spinge via la mano.

E io invece le accarezzo il sedere nei jeans aderenti. «Che cos'è un'altra ora? Dobbiamo recuperare il tempo perso.» Mi sento ingordo.

Lei si volta a guardarmi. «Siamo già in ritardo di due ore. Per quando arriveremo là, saremo molto più che elegantemente in ritardo.»

«Mi limiterò a dire che non potevi resistermi. Capiranno tutti.» Le passo la mano sul sedere e l'appoggio più in basso. Poi l'accarezzo, avanti e indietro tra le gambe. Lei si appoggia a me, debole. È calda al tocco, perfino attraverso i jeans. Ho il tocco *sciogli Chloe.*

Strofino la faccia contro il suo collo, graffiandola leggermente con i denti mentre continuo ad accarezzarla.

Chloe mi afferra la maglia. «Bren.» La voce è roca, urgente.

«Ancora una volta» le dico mentre le slaccio i jeans e la volto in modo da avere la sua schiena davanti a me. Bacio la colonna del collo prima di toglierle i jeans e le mutandine, infilando immediatamente le dita tra le sue gambe.

Lei si aggrappa al ripiano per tenersi in equilibrio. «Sbrigati» mi dice voltando la testa.

Le rivolgo un sorriso diabolico. «Baby, non ci sarà niente

di affrettato.» Mi spoglio, infilo il preservativo – sì, ero preparato – e poi la piego sopra il ripiano.

Chloe ha il respiro tremante, ma non sento lamentele riguardo alla mia lentezza. È troppo occupata a gemere mentre mi spingo dentro di lei, con le dita che sfiorano e stuzzicano la sua centrale del piacere con il più leggero dei tocchi. È così soddisfacente sentire allentarsi il controllo che di solito ha di sé e poi sentirla lasciarsi andare completamente. Muove i fianchi, cercando più contatto. Mi sforzo di farla impazzire, alternando carezze più decise a tocchi leggeri, finché siamo entrambi coperti da un velo di sudore. Io, perché mi sto trattenendo, lei per il puro bisogno di venire.

«Non fermarti, non fermarti» dice cantilenando.

Le do ciò che vuole e lei viene gridando. Il suo corpo mi strizza ritmicamente, quasi portandomi con sé. Il mio stesso bisogno di venire è quasi impossibile da domare. Le afferro i fianchi e la tiro indietro verso di me, fermandola. Lei respira affannosamente, con la testa che ricade in avanti.

Le sollevo il ginocchio sul ripiano, aprendola completamente e spingo di nuovo. Lei ansima. *Oh, sì, così va bene.* Spinte lente che sono una tortura paradisiaca. Lei ricomincia a gemere piano, facendomi diventare ancora più duro.

«Ho bisogno che tu venga di nuovo, baby» le sussurro all'orecchio, dandole un colpetto tra le gambe. I suoi fianchi si muovono di scatto.

Addolcisco il mio tocco e lei geme a lungo. È un suono magnifico.

La strofino leggermente continuando con le lente spinte, avvicinando entrambi alla conclusione. I suoi fianchi ondulano al mio stesso ritmo, è proprio con me, la pelle bollente sotto la mia. Aumento il passo, incapace di trattenermi ancora. Chloe viene con un grido aspro e io mi lascio andare, continuando a spingere e ritrarmi violentemente mentre un'esplosione di piacere mi travolge. Il mio gemito roco si unisce ai suoi dolci suoni di piacere.

Le abbasso la gamba sul pavimento, ma non la lascio andare. La tengo stretta a me per un lungo momento, tenendola tra le braccia.

«Decisamente non è stata una sveltina» mormora Chloe ridendo. «Ma mi sento troppo bene per arrabbiarmi con te perché faremo così tardi.»

La tiro su e la volto per guardarla in faccia, prendendole il viso tra le mani e baciandola. «Mi era sembrata una sfida.»

I suoi occhi scintillano, ha le guance rosate. «Dirti di sbrigarti è una sfida?»

«Esattamente. Il diavolo in me diceva di vedere quanto poteva tirarla in lungo.»

«Archivio questo fatterello per dopo.»

«Perché? Per potermi sfidare di nuovo?»

«Oh, sì. A rischio di adularti troppo...»

«Non potrai mai farlo abbastanza.»

Chloe sorride. «Questo è stato il sesso migliore di sempre. Di gran lunga, e ho già fatto del buon sesso. Tu sembri sapere di che cosa ho bisogno esattamente quando ne ho bisogno.»

Le pizzico il mento, euforico per la sua confessione. «Prendo ciò di cui ho bisogno e risulta essere esattamente ciò di cui hai bisogno anche tu, in modo naturale. Sai che cosa significa?»

«Che cosa?»

«Che eri destinata a me.»

Chloe deglutisce imbarazzata e distoglie lo sguardo. «Dovremmo andare, giusto?»

Lascio correre. Lei si tira indietro quando l'atmosfera diventa intensa, solo un po', abbastanza da farmi capire che sente qualcosa dentro di sé. Per me il sentimento è cresciuto nell'ultimo mese. Posso aspettare che si senta a suo agio. Ma non troppo a lungo. Partirà per Villroy tra poco più di tre settimane. Ho bisogno di sapere che è mia prima che parta. Perché quando ritornerà, ricomincerà a studiare seriamente e non avrà molto tempo per me. Ho bisogno di costruire fondamenta solide e in fretta.

Mi sistemo e le do un po' di privacy per pulirsi e prepararsi per il prossimo evento: stare in compagnia della mia famiglia. Possono essere divertenti, ma tendono a essere tutti troppo rumorosi. Lei è abituata a un ritmo di vita più tranquillo.

Mi siedo sul divano ad aspettarla. Qualche minuto dopo, lei esce dal bagno e sospira. Vado da lei. Qualcosa mi dice che non è felice come quando l'ho lasciata dopo l'orgasmo poco fa.

Mi guarda negli occhi per un momento carico di tensione prima di distogliere gli occhi, lisciandosi i capelli. È in quel momento che mi rendo conto che le trema la mano.

«Non devi essere nervosa» le dico. «Conosci tutti.»

«Non sono nervosa. Sto bene.» Incrocia le braccia, infilandoci sotto le mani, nascondendole.

Le separo le mani e l'abbraccio. Mi lascia fare, premendo la guancia contro il mio petto. Le appoggio la mano sulla testa, tenendola contro di me e non dico niente. C'è qualcosa che la preoccupa, e non so nemmeno che domanda farle che non mi frutti una veloce risposta negativa. Chloe tiene sempre le carte coperte.

Dopo un po', Chloe dice sommessamente: «Aver superato quella linea è una cosa grossa per me. Ho paura di perdere ciò che abbiamo, la nostra amicizia. Temo che sia stato un grosso errore».

«È stato inevitabile.» Le bacio i capelli. «E io sarò sempre un amico per te.»

Chloe alza gli occhi, nella sua espressione si mischiano il dubbio e la speranza. «Non sono molto brava quando si tratta di emozioni. So che Michael ti ha raccontato...»

«Non sa di che cosa stava parlando. Era arrabbiato e ha cercato di ferirti perché non provavi sentimenti profondi per lui.»

Chloe distoglie gli occhi. «C'è una parte di verità in quello che dice.»

Mi sembra che mi stia avvertendo, assicurandosi che non mi aspetti molto di più da lei. Si può giocare in due a quel gioco. «Sì. Già. Io non ho mai avuto una relazione prima d'ora, quindi ti puoi aspettare che faccia schifo.»

Mi studia il viso. «Abbiamo ufficialmente una relazione? Solo perché... abbiamo fatto sesso?»

«No, perché avevamo già una relazione. Adesso l'abbiamo semplicemente espressa anche sul piano fisico.»

Chloe curva appena le sue labbra sexy. «Sembri così...»

«Meraviglioso.»

«Competente e maturo...»

«Come osi chiamarmi maturo.» Le volto la schiena e mi appoggio su un ginocchio. «Monta su.»

«Vuoi che ti salga sulla schiena come un cavallo?»

Rido. «Cavalca, cowgirl, so cosa ti piace.» Mi sto riferendo al sesso, ovviamente. La posizione di cowgirl alla rovescia è stata veramente divertente nel secondo round.

«Mi hai messo tu in quella posizione.»

«E ti è piaciuta da matti.» Le faccio segno di sbrigarsi. «Stiamo perdendo tempo.»

Lei monta con cautela, come se nessuno l'avesse mai portata a cavalluccio. Le do una spinta, per assicurarmi che non cada. Lei guaisce al movimento improvviso.

Lo do una sculacciata. «Sistemati lì dietro. Ci sono posti dove dobbiamo andare.»

Lei appoggia il mento sulla mia spalla e sorride. «E ci saremmo già arrivati se non avessi insistito per fare ancora sesso.»

Mi dirigo verso la porta. «Puoi biasimarmi? È stata una tortura con te così sexy, così vicina eppure così lontana.»

«Aspetta. La borsetta è sul tavolino.»

Torno indietro al galoppo e lei ride, una risata di pancia che non ho mai sentito da lei. Mi fa felice pensare di essere stato io a provocarla. Merita di avere tanti momenti pieni di risate fragorose nella sua vita. Mi chino di lato, afferro la borsetta per la cinghia e gliela passo. Poi usciamo dalla porta.

«Whoa, cavallino» mi dice quando raggiungiamo la fine del corridoio. «Non sulle scale.»

La rimetto a terra e lo do un bacio veloce. «È ora di affrontare i Rourke.» Scendo le scale e lei tiene il passo.

In fondo alle scale Chloe mi dà una sculacciata e si affretta ad andare alla porta d'ingresso. La mia serissima e studiosa ragazza sta giocando con me.

La raggiungo di fuori. Lei sorride, arretrando, sperando che la rincorra. Fingo di lanciarmi e lei squittisce, si volta e corre. La raggiungo facilmente, le avvolgo intorno le braccia e la tiro indietro. Lei si dimena tra le mie braccia.

«Direzione sbagliata» le dico.

«Forse stavo solo cercando di allontanarmi da te.»

Le mordo il lobo dell'orecchio e ringhio. «Niente da fare.»

Le rabbrividisce prima di rilassarsi completamente contro di me. Oh, sì, questa donna è mia.

15

Chloe

Mi trovo su un terreno sconosciuto con Brendan, le emozioni sono troppe e troppo repentine. Siamo quasi arrivati a casa dei suoi genitori e la sensazione di euforia che provavo prima è svanita, trasformandosi in vulnerabilità, nuda e terrificante. Sento una morsa intorno al petto, faccio fatica a respirare. Devo cercare di riprendere il controllo. Cioè, chi dice che avremo un futuro? Siamo in due punti completamente diversi della nostra vita. Lui ha una carriera definita e io ho appena cominciato il mio viaggio. Ed è un viaggio molto lungo. Non so perché non avessi mai pensato a questo problema prima d'ora. Non è semplice come capire se siamo giusti l'uno per l'altro. Le emozioni hanno incasinato tutti i circuiti logici del mio cervello. Devo concentrarmi sul mio grande piano, che dura anni e che non include lui. Mi sono sempre vista da sola.

Brendan mi prende la mano e mi guida oltre la porta della casa a schiera dei suoi genitori, ignaro del mio turbamento. «Probabilmente sono tutti sul retro.»

È un lungo spazio, con porte a scomparsa, ora aperte, che separano le stanze: soggiorno sul davanti, cucina in centro, sala da pranzo in fondo.

«Ehi, siete arrivati» dice Garrett, entrando e andando

verso la cucina. «Papà è irritato perché siete in ritardo e non ci avete nemmeno avvisati. Scortese, fratello.» Mi sorride. «Bello vederti, Chloe. Che cosa ci fai ancora in giro con questo tizio?»

Brendan gli ficca un dito nel petto e stringe gli occhi guardandolo minaccioso. «Attento, Beast.»

Garret agita una mano con indifferenza. «Provaci. Non puoi farcela con me, diversamente da quando eravamo bambini.»

Brendan va in cucina e lo affronta.

Spalanco gli occhi. Garrett è forzuto. C'è un motivo perché lo chiamano Beast. Non ho dubbi che sarebbe in grado di battere Brendan nonostante anche lui sia muscoloso e in forma.

«Garrett, non toccarlo» dico con la voce dura.

Entrambi gli uomini si voltano a guardarmi, sorpresi.

«È già stato maltrattato abbastanza per oggi» dico, ripensando al suo confronto con Michael.

Garrett sorride gioviale. «Bene, non fa niente.»

Mi scottano le guance quando mi rendo conto che sembra che stia insinuando che Brendan e io abbiamo fatto sesso violento o roba simile.

Gli occhi di Brendan si addolciscono. «Chloe, baby, viene qua.»

Sono troppo imbarazzata per muovermi. Si avvicina lui, mi prende tra le braccia e mi bacia.

Garrett fischietta un motivetto allegro mentre prende un paio di bottigliette d'acqua dal frigorifero. Mi fa l'occhiolino. «Bello da parte tua difendere il tuo uomo. Ci vediamo di fuori.»

«Non è il mio uomo» mormoro. Fa sembrare che siamo sposati o roba simile.

Appena la porta si chiude alle spalle di Garrett, Brendan si volta verso di me. «Non sono il tuo uomo?»

Devo essere sincera con lui. «Sono una scommessa rischiosa.»

«Beh, una scommessa che accetterei sempre. Vieni.» Mi prende la mano e mi guida verso la porta sul retro attraverso la sala da pranzo. «Dobbiamo salutare tutti prima di poterti avere da sola.»

«Wow. Hai un'incredibile energia sessuale» mormoro. L'abbiamo già fatto tre volte oggi.

Lui apre la porta e la tiene aperta per me. C'è molto rumore in giardino, tra gli altoparlanti che diffondono Neil Diamond a tutto volume e la gente riunita che parla e ride. «Cosa?» mi chiede.

Alzo la voce per superare il rumore. «Energia sessuale.» La mia voce risuona proprio mentre finisce la canzone.

La folla si zittisce e tutti gli occhi sono puntati su di noi.

«Adesso sappiamo perché sono arrivati in ritardo» commenta scherzoso uno dei suoi fratelli.

E tutti ridono.

Sono così mortificata che non so se voltare sui tacchi e scappare o insistere che siamo in ritardo per questioni non sessuali. Il fatto che sia arrossita dalla testa ai piedi è una prova inconfutabile.

Sua madre parla con la voce acuta: «Brendan, c'è Faith». Indica una bruna carina con un morigerato vestito a fiori a maniche corte accanto a lei.

Brendan borbotta un'imprecazione. *Chi è Faith?* È sui venticinque, ha l'aspetto della tipica ragazza della porta accanto. Lei sorride dolcemente a Brendan. *È una sua ex?*

Tutti ci stanno ancora fissando mentre siamo sulla terrazza, che comincia a sembrare un palcoscenico. Brendan scende i gradini e io lo seguo standogli dietro, lasciando che il suo grosso corpo nasconda il mio rossore.

Sua madre ci raggiunge. «Salve, Chloe, non sapevo che ci saresti stata.»

«Salve.» Guardo Brendan che fa spallucce.

Sua madre sorride festosa. «Beh, più siamo meglio è.» Rivolge un'occhiataccia a Brendan. «Aspettavo di presentarti Faith. È nuova in città e pensavo che potessi dedicarle un po' di tempo.» Mi tende la mano. «Chloe, perché non vieni a sederti con me?»

Oh mio Dio, sua madre gli ha organizzato un appuntamento.

Non so se ridere o scappare urlando dal giardino. Ho i nervi a fior di pelle. Sono fisicamente ed emotivamente spenta come non lo sono mai stata. Adesso che abbiamo superato quella linea, stare con Brendan è quasi troppo da gestire.

Brendan mi afferra la mano, tenendomi incollata al suo fianco. Lo guardo, ha la punta delle orecchie rosso fuoco. «Mamma, Chloe e io stiamo insieme.»

Faith guarda per terra, arrossendo.

Mi sento male per lei. Al matrimonio di Jack, Brendan aveva detto a sua madre che eravamo solo amici.

«Avresti potuto tenermi aggiornata» dice sua madre a denti stretti. «Non hai ricevuto il mio messaggio nel quale dicevo che volevo che la conoscessi?»

«Sì» risponde Brendan, anche lui a denti stretti. «Solo, non sapevo che avresti cercato di forzarmi la mano.»

«Dovrei andare» dice Faith.

«No» dice sua madre. «Per favor resta. Sei appena arrivata.» Si rivolge a me: «Che ne dite se ci sediamo tutti e mangiamo il dessert?».

Faith guarda timidamente Brendan.

Io non so che cosa fare.

«Chi ci sta a giocare ai ferri di cavallo?» invita tutti suo padre dall'angolo in fondo del giardino, dove c'è il campo per il lancio dei ferri di cavallo.

Brendan scappa di corsa.

Grr...

Sua madre guida in fretta Faith e me verso un tavolo rotondo con un ombrellone, dove un vassoio di dessert attira la mia attenzione. Cupcake al cioccolato decorati con bandierine americane, biscotti con i pezzetti di cioccolato, fette di torta di mele e brownie con i confettini rossi, bianchi e blu. Ho l'acquolina in bocca.

La signora Rourke si siede accanto a una donna che potrebbe essere sua sorella, stessi capelli scuri, lunghi fino alle spalle, solo che l'altra donna ha la frangetta. La signora Bianchi, giusto, la madre di Ariana. L'ho incontrata al matrimonio. Poi la signora Rourke indica a Faith di sedersi accanto a lei.

Io mi siedo accanto ad Ariana e alla bambina salutandoli

con calore e ignorando la fitta di delusione perché la signora Rourke ha invitato Faith a sedersi accanto a lei invece di chiederlo a me. Non significa niente. Probabilmente stava solo cercando di mettere più a suo agio Faith.

La signora Rourke indica il vassoio dei dessert. «Per favore, prendine uno di ogni tipo. Non ti giudicheremo.»

Prendo un cupcake, un biscotto e un brownie. «Terrò per dopo la torta di mele.»

«No, grazie» dice Faith. «Sto attenta alla mia figura.»

«Oh, stai benissimo, tesoro» dice la signora Rourke, scuotendo la testa. «Mangia, per favore.»

«Non potrei» dice Faith. E, in effetti, non mangia niente.

La signora Rourke presenta Faith a tutti gli altri, concludendo con: «Frequenta la nostra chiesa ed è anche un'insegnante di scuola materna!».

Faith sorride. «Mi piacciono i bambini.»

La signora Rourke le dà una stretta al braccio. «Anche a me.»

Anche a me. Non che importi. Mangio il dessert in silenzio. La signora Rourke sembra adorare Faith, una graziosa, dolce insegnante di scuola materna. Scommetto che Faith è pronta a farsi una famiglia. E vive nel vicinato. Non posso evitare di pensare che sarebbe una scelta migliore per Brendan rispetto a me. Lei ovviamente non sconvolgerebbe la sua vita. Con questa messinscena, è ovvio che la signora Rourke pensi la stessa cosa.

Rebecca si siede accanto a me e mi mette davanti una bottiglia d'acqua. «Pensavo che potessi avere sete.» È la fidanzata di Connor. L'ho conosciuto a Villroy a Natale e l'ho vista anche al matrimonio di Jack.

«Grazie» dico, sorpresa che mi abbia portato da bere perché non l'avevo chiesto.

Colgo la signora Rourke rivolgerle un sorriso e un cenno della testa. Le ha mandato un messaggio per chiederle di portarmi una bottiglia d'acqua? Ha il telefono davanti a sé. Ero distratta dal dessert e dai miei pensieri. Prendo un boccone di brownie e quasi gemo dal piacere. È cioccolato, ricco, morbido che si scioglie in bocca.

«È delizioso» dico.

«Ho fatto io i brownie e i biscotti» dice orgogliosamente Rebecca.

«Mi trasferisco a casa tua» le dico.

Lei si mette a ridere. «Mi piace fare dolci. Connor dice che lo farò ingrassare.» Si sposta guardando dove Dylan, Brendan, Connor e il signor Rourke stanno giocando a lanciare i ferri di cavallo. Brendan mi ha informato che suo fratello Sean è tornato a Vancouver dalla moglie che sta girando un film. Jack è ancora in luna di miele alle Hawaii. Sto cominciando a conoscere questa famiglia.

«Tu continua a portare queste bontà alle feste di famiglia» dice Ariana, prendendo un biscotto. «Distribuisci equamente la dolcezza, in modo che nessuno esageri.»

«Io ho preparato l'insalata di pasta» dice la signora Bianchi. «Assaggiala, quando sarà ora di cena, ti piacerà.» Si rivolge a Faith: «Anche tu, se deciderai di mangiare». Il suo tono dice che non approva le donne che non mangiano ai barbecue. La signora Bianchi comincia veramente a piacermi.

«Certo» dico. «Non so per quanto ha intenzione di restare Brendan.»

La signora Rourke si guarda intorno. «Spero che tutti possano restare per vedere i fuochi d'artificio con noi stasera. Non siamo riuscite a chiacchierare molto al matrimonio lo scorso fine settimana, dato che ero la madre dello sposo.»

«E avendo bevuto tre bicchieri di champagne» aggiunge la signora Bianchi con una risatina maliziosa. «Non regge l'alcol.»

La signora Rourke si mette seduta tutta cerimoniosa e dice: «Non è un insulto. Bevo solo nelle occasioni speciali».

«Io non bevo mai» dico, ingoiando l'ultimo pezzetto di brownie. «Non ho ancora l'età. Inoltre non mi piace perdere il controllo.»

«Non bevo mai nemmeno io» dice Faith, sorridendomi serenamente.

Sta cercando di battermi?

Appoggio la bottiglia d'acqua. «Beh, una volta ho bevuto qualche drink con Brendan quando eravamo a Villroy a

Natale.» Quasi aggiungo che mi sono scatenata un po', ma poi deciso che è meglio non parlare del mio fallito tentativo di seduzione. Ripensandoci, perché mi ha respinto allora? Ho pensato per tanto tempo di non piacergli. Allungo il collo per vederlo di nuovo, chiedendomi qual è il motivo. Mi volta la schiena, quindi non posso guardarlo negli occhi. Quell'uomo mi confonde sempre. Allora si era comportato come se baciarmi fosse come baciare una cugina, poi mi aveva respinto e poi, quando ci siamo incontrati per la seconda volta qui a Brooklyn, mi ha lasciato pensare che vedesse altre donne. Perché mi ha tenuto deliberatamente a distanza solo per fare una completa giravolta con tutto questo sesso ed emozioni profonde? Stava cercando di abbattere le mie difese? Perché, sapete, sta funzionando. È stato un attacco a sorpresa il modo in cui ha abbattuto le mie mura.

Le donne ridacchiano.

Mi volto verso la tavolata. «Che c'è?»

«Niente, tesoro» dice la signora Rourke.

«È ovvio che sei cotta» fa notare la signora Bianchi. «Non riesci a togliergli gli occhi di dosso.»

Ho le guance in fiamme. Non so dove guardare o che cosa dire, quindi mi ficco in bocca il resto del brownie. *Non potremmo parlare di qualcos'altro?*

«Ma dai» dice la signora Rourke, come per negarlo, dandole un'occhiata significativa. Probabilmente perché Faith, la potenziale futura compagna di Brendan, è seduta proprio lì.

La signora Bianchi continua imperterrita: «Dico solo che la prima cosa di cui ha parlato è la sua resistenza sessuale. È così che ti agganciano. Quelli bravi, almeno. Allora, Chloe, Brendan ti sta trattando bene?».

Quasi mi soffoco con il brownie. Non so se intenda dentro o fuori dalla stanza da letto, ma c'è solo una risposta giusta. «Sì.» Comunque è vero.

Mi volto a guardarlo. Sta parlando con suo padre, ma improvvisamente mi guarda negli occhi, rivolgendomi un caldo sorriso. Le farfalle nel mio stomaco prendono il volo, il polso accelera. Gli rivolgo un saluto agitando una mano e poi torno a guardare quelle intorno al tavolo.

Tutte le donne mi stanno sorridendo. Eccetto Faith.

«È cotto anche lui» dice la signora Bianchi annuendo. «Conosco i segni.»

Non so che cosa dire a questo punto. Ma penso che sia vero. Non so come siamo arrivati a questo punto tra di noi. Fisso il tavolo, perduta in un mare di emozioni confuse.

Due mani grandi si appoggiano alle mie spalle e le stringono. Le conosco. Alzo gli occhi proprio mentre Brendan si china verso di me e sorride. «Salve, come sta andando qui?»

Mi rilasso, avendolo vicino. «Bene.»

«Ce ne andremo presto» dice.

Sono sollevata in modo ridicolo e cerco di non darlo a vedere.

«Sei appena arrivato» dice seccamente la signora Rourke. «Ed eri in ritardo.»

«Te l'ho detto, è cotto» canticchia la signora Bianchi.

Faith si alza, mettendosi la cinghia della borsa sulla spalla. «Vado anch'io. Grazie per avermi invitato.»

«Oh, Faith, mi dispiace» dice la signora Rourke alzandomi e mettendole una mano sul braccio. «Ti accompagno fuori.» Tornano insieme in casa.

Restiamo per qualche altro minuto, aspettando che sua madre torni per salutarla. Quando ritorna, la sua espressione non è felice. Inchioda Brendan con una severa occhiata materna. «È stato estremamente imbarazzante, Brendan. La prossima volta, tienimi al corrente.»

«La prossima volta cerca di non intrometterti nella mia vita amorosa» le risponde con calma Brendan.

«Faith è una ragazza adorabile» gli risponde lei. Mi dà un'occhiata. «Sei adorabile anche tu, Chloe. Sono semplicemente stata colta di sorpresa.» Parla a entrambi: «Non sapevo che le cose fossero cambiate tra voi due».

«È una cosa piuttosto nuova» dico a voce bassa.

Brendan abbraccia sua madre, le dà un bacio sulla guancia e le dice qualcosa che la fa sorridere e dargli un colpetto sulla spalla.

Alzo la mano per salutare e dico arrivederci a tutti. Brendan mi accompagna attraverso la casa con la mano sulla mia schiena. Entrambi in silenzio.

Aspetto a parlare finché siamo sul marciapiede. «Faith sembra gentile.»

«Mi dispiace veramente che tu sia stata coinvolta. Non ne avevo idea.»

«Perché non hai detto a tua madre che sarei venuta anch'io?» Detesto il fatto che m'importi tanto. Sono sopraffatta da tutto quello che sto provando e temo che lui non sia nemmeno lontanamente al mio stesso punto.

Lui alza una spalla. «Non pensavo fosse importante.»

«Oh.» *Ahi.*

Brendan si volta verso di me. «Non che tu non importi. Semplicemente non mi è passato per la mente di menzionare il fatto che avrei portato un'ospite. Ci sono sempre un mucchio di persone che vanno e vengono.»

Faccio un respiro profondo. «Penso che Faith sarebbe la persona giusta per te.»

Lui si blocca. «Che cosa ha detto mia madre?»

Annuisco miseramente. «È la verità. A tua madre piace moltissimo. Probabilmente ha visto ciò che ho visto io: un'insegnante di scuola materna che adora i bambini, vicina alla tua età e che vive nel vicinato. È perfetta. Sono sicura che Faith sia pronta a sistemarsi e avere una famiglia e tu saresti un padre meraviglioso.» La mia voce si spezza. Io non sono pronta per quello, non lo sarò ancora per molto tempo e lo sto ostacolando.

«Chloe.»

Fisso la sua spalla, non riesco a guardarlo negli occhi. «Forse non sono io quella giusta per te. Siamo in due punti diversi della nostra vita. Tu meriti di vedere chi altro c'è lì fuori. Qualcuno come Faith che sarebbe più adatta.» Mi fa male il petto, ho la gola stretta.

«Hai finito di tentare di convincermi che sei una scommessa persa?»

Annuisco, senza riuscire a parlare per il groppo che ho in gola.

Lui mi prende il volto tra le mani. «Prima di tutto, puoi anche dimenticare Faith perché non starò *mai* con lei. Non l'ho mai preso in considerazione, nemmeno prima che tu e io ci mettessimo insieme. E, secondo,» mi bacia teneramente questa volta ed è esattamente ciò di cui ho bisogno, che calmi i miei nervi tesi, «non vado da nessuna parte, quindi smettila di dirmi che sei una pessima scommessa.»

Vengono a galla tutte le mie preoccupazioni perché non riesco veramente a credere che resterà con me. Non lo fa mai nessuno. «Perché hai respinto il mio bacio quando eravamo a Villroy? Perché mi hai lasciato credere che stessi con donne a caso? Non capisco perché ti sia comportato come se non mi volessi per così tanto tempo.» *E poi mi hai colta alla sprovvista con una relazione che mi fa provare sensazioni così profonde che mi spaventano.*

Brendan sospira. «Stavo cercando di resisterti, battaglia persa fin dall'inizio. All'inizio ero incerto per via dei legami di famiglia, dato che non sono noto per le relazioni durature. Non volevo causare tensioni in famiglia.» Mi alza il mento con un dito, con gli occhi pieni di calore e buonumore. «Non mi ha aiutato il fatto che il tuo psicotico ex abbia minacciato di uccidermi se ti avessi toccato.»

«Era solo arrabbiato. Non ti avrebbe veramente fatto del male.»

Lui rotea la testa a destra e a sinistra. «Non sono molto sicuro di essere d'accordo con te, ma, a parte tutto quello, non volevo essere una distrazione per te. Sei destinata a cose grandi e non volevo esserti d'intralcio. E poi finalmente mi sono reso conto che ero talmente cotto di te che non mi era possibile lasciarti andare.»

Mi si chiude la gola per l'emozione. Brendan mi sta fissando negli occhi, come se si aspettasse che dica qualcosa. «Okay.» È tutto quello che riesco a dire.

«Bene» dice contro le mie labbra. Poi mi bacia, lasciandomi in una pozza di desiderio. Ho già le ginocchia molli, mi sto sciogliendo.

Lui interrompe il bacio, intreccia le dita alle mie e ricomincia a camminare. Io lo seguo, un po' stordita.

Sono innamorata di quest'uomo. Io, la donna che non ha mai amato nessuno, tranne mia sorella. Non ero nemmeno sicura di essere in grado di amare qualcuno. Mi sono sentita difettosa per così tanto tempo, senza provare i sentimenti profondi che pareva provassero tutti gli altri. Eppure eccolo, il miracolo.

Penso a ciò che ha detto riguardo a non essermi d'intralcio e lasciarmi fare le mie cose. Adesso che siamo insieme, come potrebbe funzionare?

Si aspetta che cambi i miei piani e resti a New York? Non so nemmeno se sarebbe possibile. Non so dove finirò a studiare medicina.

Sarebbe disponibile a sostenere il mio sogno, qualunque sia il costo per lui?

Non posso chiedergli di lasciare la sua famiglia per me. Perderebbe qualcosa di meraviglioso. Dipendono da lui anche per il lavoro. Sono parte di lui. Sono io quella che non rientra nell'equazione.

Non ho mai voluto tanto sentirmi parte di qualcosa in vita mia. Ma dovrò rinunciare al mio sogno? Per lui?

Chloe

Non sapevo che cosa fare riguardo a Brendan e il nostro incerto futuro, quindi non ho fatto assolutamente niente. Durante le ultime tre settimane, ho semplicemente apprezzato il nostro tempo insieme. Non è stato difficile. Siamo insieme tutte le notti, a casa sua o a casa mia e per tutti i fine settimana. Non gli dispiace nemmeno lasciarmi del tempo tranquillo per studiare. Faccio più pause di una volta, ma mi piace tenermi al corrente con le riviste mediche e portarmi avanti con le letture per il mio curriculum. La settimana scorsa Garrett si è ritrasferito a vivere con Brendan, visto che Sean e Josie sono tornati. E anche questo è andato bene. Garrett è un'ottima persona e mi sento a mio agio con lui. Quando abbiamo bisogno di privacy, ci spostiamo a casa mia. Tutto sembrava normale e facile fino a oggi, il mio penultimo giorno qui. Ogni volta che penso *"Mi resta solo un'altra giornata"*, il mio stomaco si ribella, lasciandomi un cattivo sapore in bocca. Brendan dice di non poter prendere dei giorni di ferie per venire a trovarmi a Villroy, e questo significa che ci siamo. L'inizio della fine.

Adesso sono le tre del mattino e non riesco a dormire, con il terrore che aumenta pensando a domani, il mio ultimo giorno. Mi appoggio sui gomiti, guardo Brendan che dorme profondamente nel mio letto e sospiro. Mi sto girando e rigirando da ore. Rinuncio, vado in punta di piedi in soggiorno e mi rannicchio in un angolo del divano con una coperta, a fissare il vuoto.

Ho sempre saputo che avrei dovuto compiere dei sacrifici per fare ciò che mi sembra di essere nata per fare. Ma non posso permettere che le mie scelte feriscano qualcuno. Ho fatto un gran casino con Michael e mi rifiuto di ripetere la storia. Brendan merita di essere felice con una donna che possa dargli ciò che io non posso, come una vita normale con matrimonio e figli, l'intero pacchetto. Quella non sono io, almeno ancora per tanto tempo. Ho troppo da fare nel frattempo. Lui dice che non vuole essermi d'ostacolo ma il fatto è che sono io che lo sto frenando. È più vecchio di me e presto vorrà quelle cose.

E io non posso chiedergli di unirsi a me nel mio viaggio, sapendo che potrebbe portarmi lontano da qui. Lui non ha idea di quanto sia unita la sua famiglia perché non ha mai provato niente di diverso. Non si è mai sentito solo, o spezzato dentro per aver perso qualcuno. Non è quello che voglio per lui. Il suo posto è qui.

Il suo sorriso caldo mi lampeggia nella mente, facendomi bruciare gli occhi e stringere il petto. Afferro la coperta e me la stringo intorno, come un abbraccio. Io lo amo. Non avrei mai pensato di poter provare un sentimento così profondo per un'altra persona. Per tanto tempo sono stata in pace, indirizzando tutta la mia passione e la mia concentrazione su una sola cosa, la carriera dei miei sogni, la cosa per cui sono venuta al mondo. Adesso sono divisa. Non posso rinunciare a tutto ciò per cui ho lavorato così duramente. Ma non è giusto chiedergli di sacrificare la sua carriera e lasciare la sua famiglia per me.

Per la prima volta in vita mia, la mia testa e il mio cuore non sono d'accordo. La mia testa mi dice di lasciarlo andare e il mio cuore di tenerlo stretto, a qualunque costo. Ma è lui quello che dovrebbe pagarne il prezzo. Non posso chiederglielo. È egoistico e non è così che dovrebbe essere l'amore.

Scivolo sul divano, rannicchiandomi sul fianco, persa in uno spazio buio di emozioni vorticose e pensieri in conflitto. Tutto ciò che ho mai voluto è alla mia portata. Anche tutto ciò di cui ho mai saputo di aver bisogno è qui, con lui. Rinunciare al mio sogno o rinunciare a lui? La domanda gira e rigira nella mia testa in un doloroso vortice senza fine.

Alla fine, ai primi raggi del sole, getto da parte la coperta e mi alzo, con le gambe pesanti. So che cosa devo fare. Ho la gola stretta e incrocio le braccia, abbracciandomi. È l'unica cosa che posso fare per assicurarmi che lui sia felice...

Devo lasciarlo andare.

Mi sono trascinata per l'ultimo giorno di stage, bevendo un'infinita seria di tazze di caffè per restare sveglia. Poi Brendan mi ha portato in un ristorante elegante per festeggiare il mio ultimo giorno e ora siamo tornati a casa mia. Mi è piaciuto il ristorante, il tipo di posto con le tovaglie bianche e troppe posate. Amo Brendan. Non gliel'ho detto perché so che renderà solo più difficile dirgli addio. Ho lo stomaco sottosopra che minaccia di *restituire* il pasto appena fatto. Ho bisogno di un momento prima di affrontare ciò che devo fare.

Gli passo il telecomando della TV. «Vado a fare le valigie.»

«Certo» risponde lui slacciandosi i primi due bottoni della camicia. È così bello con la camicia azzurro chiaro, pantaloni blu scuro e scarpe eleganti. Era uscito presto dal lavoro per fare la doccia e mettersi elegante per la nostra serata speciale.

Sorrido, ma è un po' tremolante. Vado in camera e prendo la valigia dall'armadio. Mi restano meno di ventiquattro ore con Brendan. Mi dico che tutte le cose belle devono finire. Almeno è quello che so io. È stato un colpo di fortuna poter essere la sua vicina di casa per l'estate e ne sono grata. Devo aggrapparmi a questi ricordi dolceamari.

Getto i vestiti nella valigia, senza quasi vederli. Il fatto è che, con lui, è molto più di solo sesso. Mi fa sentire bene, rilassata e sicura. Come se avessi delle solide fondamenta. E non è strano? Il mio punto fermo è sempre stata Sara e poi mi sono costruita il mio, che a volte sembra un po' incerto, ma vado avanti, è diventato importante per me e mi uccide sapere che sarà distrutto. Mi fermo, con il cervello esausto che cerca di concentrarsi sul motivo per cui questo è il miglior modo di procedere. La sua felicità, giusto. Non posso dargli ciò che merita. Tutto ciò che riuscirei a fare è strapparlo da tutto ciò che c'è di buono nella sua vita.

Premo sui miei vestiti informali per far posto a quelli formali. Sapevo che Brendan mi sarebbe stato strappato. Era inevitabile. E non importa che sia io quella che sta partendo questa volta, il risultato è lo stesso. Mi si annebbiano gli occhi per un istante e sbatto rapidamente le palpebre per schiarire la vista. Ho disperatamente bisogno di dormire, ma prima devo... non posso essere egoista. Devo attingere a tutta la forza dentro di me per fare la cosa giusta.

Finito di preparare le valigie, mi tolgo gli abiti da lavoro e m'infilo il mio pigiama estivo, una vecchia t-shirt e i pantaloni di una tuta. Poi ci ripenso. È così che voglio che Brendan ricordi la nostra ultima serata insieme? Mi cambio di nuovo, indossando una canottiera verde e i jeans, la mia solita uniforme.

Faccio un respiro profondo e torno in soggiorno, sedendomi accanto a lui. Sta guardando uno show in cui i meccanici restaurano le auto d'epoca. Resto seduta in silenzio, cercando di trovare il coraggio di dire ciò che devo. Qualcosa di simile a: *È stato meraviglioso, ma siamo in due punti diversi della nostra vita e penso che sia meglio se ci diciamo addio adesso. Ma vediamoci tra cinque anni se saremo entrambi ancora single.* So che quell'ultima parte è egoistica e lascia aperta una piccola finestra per tornare insieme, ma almeno gli do la possibilità di incontrare qualcun'altra. È più vecchio di me e sinceramente non penso che mi aspetterà, sperando in un futuro. Mi fa solo sentire meglio pensare che ci sia un piccolo raggio di speranza.

No, devo tagliare i ponti, per il suo stesso bene. Lui avrà la sua libertà. Punto. Mi piacerebbe potermi godere questa notte. Oh, diavolo. Comunque alla fine mi avrebbe lasciato. Si sarebbe stancato di aspettarmi per le briciole di tempo libero che potrei dedicargli.

Lui mi dà un'occhiata di sottecchi. «Sembri tesa.»

Incrocio le braccia e poi le lascio ricadere, cercando di sembrare rilassata. «No.»

Lui mette in pausa lo show e appoggia il telecomando. «Devo portarti là...» indica col mento la camera da letto, «e trasformarti in un budino molle?»

Rido un po', arrossendo nonostante il mio tumulto interno. È quello che dice sempre. Mi strizza e mi lascia senza ossa, completamente spenta. La sua resistenza è incredibile. Ed è imperioso, pretende da me tutto ciò che posso dargli e anche di più. Se solo tutto il resto fosse così facile come ciò che abbiamo a letto.

Lui mi mette una ciocca di capelli dietro l'orecchio. «Che cosa c'è che non va?»

«Dobbiamo parlare» dico.

Lui spegne la TV. «Lo so. È la nostra ultima notte qui. Mi mancherai, ma ci terremo in contatto e ti vedrò quando tornerai.»

Mi mordo il labbro. «Bren, penso che dovremmo smetterla qui, finire in grande.»

Lui mi guarda con la bocca aperta.

Merda. Non pensavo che sarebbe stata una sorpresa così grande. Sembrava inevitabile.

Continuo a parlare in fretta: «Quest'estate è stata meravigliosa, ma quando tornerò da Villroy lavorerò giorno e notte tra i miei studi e il lavoro all'ospedale. Per non parlare poi di preparare le domande per le facoltà di medicina. E poi non so dove finirò. Potrei essere a migliaia di chilometri di distanza. È tutto così incerto nella mia vita e tu meriti di più».

Lui apre e chiude la bocca, fissandomi torvo.

«Ho cercato di dirti che ero una scommessa persa» mormoro.

«Quindi stai rompendo con me?»

«È un momento naturale per dividerci.»

Altra occhiataccia.

Deglutisco il groppo che ho in gola. «Bren, in qualche modo sei diventato il mio miglior amico. Gli amici possono riprendere l'amicizia in qualunque momento, niente rancore. Non è la stessa cosa con le relazioni. Non avrò né il tempo né l'energia per dedicarmi a una relazione. Non nel modo in cui la meriti tu.» Mi manca la voce. «Non posso darti ciò che meriti.»

«Il mio parere conta?»

«Mi dispiace.» Mi torco le mani e le fisso. «Non rimpiango il nostro tempo insieme. Sono così... grata per ciò che abbiamo avuto.»

«Grata? Grata!» sbraita Brendan, facendomi sobbalzare.

Lui guarda il soffitto, fa un respiro profondo e mi guarda fisso. «Chloe, ti conosco. Ti tiri indietro quando le cose diventano intense. So che ci siamo dentro in pieno, tutti e due. Ti sto chiedendo di restare con me, come io giuro che resterò con te.»

«Ci ho riflettuto moltissimo. È la cosa giusta da fare. E se restassimo insieme come amici?» Mi appare un piccolo raggio di speranza a quel pensiero. Non dovrei perderlo completamente.

«No.»

Mi sprofonda lo stomaco. «No?»

«No, Chloe» dice seccamente. «Non ti voglio come amica.»

«Non capisci che è per il tuo stesso bene? Ti ridò la tua libertà.»

Brendan stringe le labbra. «Per essere così intelligente, stai facendo una cosa veramente stupida.» Si alza e va verso la porta.

Balzo in piedi. «Capirai che ho ragione. Aspetta e vedrai.»

Lui resta immobile per un momento, scuote la testa ed esce dalla porta.

Mi sbatto una mano sulla bocca, ho gli occhi bollenti, lo stomaco per aria. È finita e adesso mi odia. Oh Dio, sto per vomitare.

Corro in bagno e vomito. Non è la perfetta metafora per il modo in cui è finita la mia relazione? Nel cesso.

17

Chloe

La mattina seguente cammino sulla pista verso il jet reale come una zombie. Non ho quasi dormito la notte scorsa. Ho continuato a rivedere nella mente la mia serata con Brendan. La nostra cena insieme, i suoi dolci occhi azzurri che mi guardavano, il modo in cui la sua voce profonda sembrava accarezzarmi. E poi, più tardi, il mio tentativo di far finire le cose in modo indolore. L'ho ferito ed è ciò che mi fa più male. Ma qual era l'alternativa? Trascinare le cose e allontanarci lentamente finché non fosse rimasto niente tra di noi? A un certo punto doveva finire. Posporre l'inevitabile avrebbe solo fatto più male.

L'assistente di volo mi viene incontro, prendendo le mie valigie. «Buongiorno, miss Chloe.»

«Buongiorno» dico assente. Controllo il suo nome sulla targhetta perché non lo riconosco dai voli precedenti. «Lieta di conoscerla, Henry.» È il nome anche di mio nipote. Almeno avrò il piccolo Henry per confortarmi.

Salgo pesantemente la scaletta per entrare nel jet, con lo zaino sulla spalla. Ho intenzione di lavorare sulle mie domande per i college durante il volo; ho pensato che tenere la mente concentrata sui miei futuri obiettivi riuscirà a gestire la mia attuale angoscia. Mi pungono gli occhi per le lacrime. Sembra che continui a non riuscire a piangere, per quanto mi senta orribilmente. Non riesco a credere quanto mi sia avvicinata a Brendan, più che a chiunque altro, tranne mia sorella, e adesso è finita, esattamente come sapevo che sarebbe successo. Solo non mi aspettavo questo livello di dolore. Come se mi mancasse una parte di me.

Il jet è vuoto, a parte il pilota e il copilota, che mi salutano con calore. Non riesco a sorridere, ma mi sforzo di ricambiare il saluto con un minimo di energia nella voce.

Mi siedo in prima fila, accanto a finestrino e fisso il campo aperto vicino all'aeroporto privato nel New Jersey. *Addio, addio, addio.* Mi appoggio allo schienale e chiudo gli occhi.

«Ciao» dice una voce profonda e familiare, mentre qualcuno si siede sul sedile accanto al mio.

Spalanco gli occhi. «Brendan! Che cosa ci fai qui?»

«Che cosa ti sembra che stia facendo?»

Lo fisso. «Andando a Villroy?»

Lui allaccia la cintura di sicurezza. «Sì. Starò lì per una settimana. Allaccia la cintura.»

Ubbidisco, con la mente che ribolle di pensieri scoordinati. *Che cosa significa?*

L'assistente di volo viene a controllare e ci informa che decolleremo tra qualche minuto.

Non riesco a mettere insieme i pezzi dopo il modo in cui abbiamo lasciato le cose ieri sera. Pensavo mi odiasse. La mancanza di sonno non mi aiuta. «Bren, perché stai andando a Villroy?»

Lui allunga le gambe nei jeans e incrocia le caviglie. «Sono un principe. Il palazzo è il mio habitat naturale.»

«Habitat naturale» ripeto.

«Mmm-mmm.»

Guardo davanti a me, sbattendo un paio di volte le palpebre. Alla fine gli chiedo: «Siamo ancora amici?».

Lui mi dà un'occhiata di traverso. «Parleremo una volta raggiunga la quota di crociera. Voglio assicurarmi che tu non possa andare da nessuna parte.»

Perché pensa che stia per scappare? Che cosa ha intenzione di dirmi che mi farà venire voglia di scappare? Non sa che sono già appesa a un filo?

«Sembri stanca» mi dice.

«Non ho dormito molto la notte scorsa. O quella prima.»

«Riposa un po' gli occhi.»

Lo fisso. «Non credo sia possibile, sono troppo scioccata.»

Lui china indietro la testa e chiude gli occhi. «Scioccata e impressionata. Sì. Ho quell'effetto sulla gente.»

Mi fa male la testa mentre cerco di capire che cos'ha intenzione di fare e poi il jet comincia a muoversi lungo la pista e il rumore bianco mi rende sonnolenta.

Mi sveglio al segnale che indica che possiamo slacciare le cinture. Tolgo la mia e mi sposto per guardare in faccia Brendan, un po' più sveglia dopo il pisolino. «Okay, parla. Che cosa succede? Perché sei qui? Che cos'hai intenzione di fare a Villroy per una settimana? Siamo amici o no?»

«Sono qui perché ho deciso che resteremo amici come volevi.» Mi mette una ciocca di capelli dietro l'orecchio, avvicinandosi, il fiato caldo sulle mie labbra. «Sarò il tuo miglior amico e il tuo amante.» Mi bacia e poi si tira indietro, gli occhi fissi nei miei.

Apro la bocca, incantata per un momento, poi lo guardo irritata. «Non esiste! Miglior amico e amante, non puoi essere entrambe le cose!»

«Chloe, si chiama essere un marito.»

Resto a bocca aperta con il cuore che batte forte. Torno con la mente a Michael che mi aveva chiesto di sposarlo giusto un anno fa, ma questa volta è diverso. Invece di ritrarmi inorridita al pensiero, desidero con tutta me stessa dire di sì, ma non posso. Lui sarebbe legato a me e miserabile. Non sarò in grado di dargli ciò che merita. Perderebbe troppo.

Mi si stringe la gola per l'emozione. «Non volevi dirlo, ritrattalo.»

Lui continua a fissarmi. «Questo...» indica tra di noi, «...questo è amore. Lo sento io e so che lo provi anche tu. La tempistica non sarà delle migliori, ma...» Fa spallucce. «È una cosa seria.»

Il mondo mi sta sfuggendo da sotto i piedi. «Di colpo sei un esperto di relazioni.»

Lui si china verso di me. «È tutta l'estate che sta crescendo. Perché sono il tuo miglior amico?»

Guardo i suoi occhi dolci, il bel viso sempre pronto a un sorriso, vedo la sua forza tranquilla. «Perché non vedo l'ora di dirti tutto quello che è successo durante la giornata e condividere con te tutto che ciò ho in programma o che sogno per il futuro. E adoro ascoltare tutto quello che succede a te.»

Lui mi liscia i capelli e mi appoggia la mano sulla guancia. «E a me piace ascoltarti e dirti tutto. Non vedo l'ora di cenare con te e parlare o solo guardare la TV insieme, urlando contro lo schermo. Siamo molto compatibili.»

«Pensavo che fossimo completamente diversi.» Lui è quello divertente, io no.

Vedo alzarsi un angolo della sua bocca. «Forse tu hai un po' del diavoletto in te e io ho un po' dello studente serio.»

«Che cosa staresti studiando?»

«Te. Ogni minimo fatto che riesco ad archiviare, ogni espressione, ogni emozione che esprimi. Li assorbo tutti. Sei diventata la persona che preferisco al mondo.»

Sento un'ondata di affetto e di calore in petto. Significa moltissimo, perché ha tanta gente meravigliosa nella sua vita. «Anche tu sei la mia persona preferita.»

«Grazie.»

«La concorrenza non è molto forte però, ho solo mia sorella, la mia compagna di stanza e il mio gruppo di studio.»

Lui mi tira in grembo, avvolgendomi le braccia intorno. So che dovrei spostarmi, ma è troppo bello tornare tra le sue braccia. Inoltre, dove dovrei andare? Siamo su un jet in cielo. Furbo il mio uomo, aspettare che fossimo in volo. Adesso devo restare qui, rannicchiata contro di lui.

Lui si sposta per guardarmi negli occhi e dice a bassa voce: «Quest'estate con te è stato il periodo più lungo che abbia mai passato con una donna prima di fare sesso. Abbiamo costruito qualcosa, oltre il lato fisico. Capisci? Quest'amore non andrà da nessuna parte».

Mi manca il fiato e dentro di me cresce una piccola bolla di speranza. Comunque non sarà facile. «Devi capire che cosa otterrai con me. Devo concentrarmi sui miei studi. Ho bisogno di diventare una ricercatrice. È tutto ciò che ho mai voluto, per lasciarmi dietro qualcosa di significativo.»

«Lo diventerai. È quello che voglio per te.»

Mi mordicchio il labbro, ho quasi paura di dire il seguito. «E se dovrò andare via per frequentare la facoltà di medicina? Il mio sogno è Harvard.»

Lui mi guarda a lungo prima di stringermi forte. «Allora verrò con te.»

Mi libero dalle sue braccia e mi rimetto sul mio sedile. «Cosa?»

«Verrò con te» dice forte e chiaro. Continuo a non credere alle mie orecchie.

«E che cosa farai?»

«Cercherò un nuovo lavoro.»

«Non puoi abbandonare la tua famiglia per me!» Sto quasi urlando.

«Non significa abbandonarli. È seguire il mio cuore. Sei tu il mio cuore, Chloe.»

Alzo una mano, rifiutandomi di essere il motivo per cui perderà tutto. «Non ha senso.»

Lui appoggia il palmo della mano sul mio.

Ho la voce soffocata, gli occhi che bollono. «Non ha senso» ripeto e poi le lacrime cominciano a scendere, rigandomi le guance. Sto piangendo. Io non piango mai. Le asciugo in fretta, irritata.

Brendan mi mette un braccio sulle spalle, tirandomi vicino a sé. «Dimmi perché stai piangendo. Tu, la donna che non piange mai.»

Le lacrime continuano a scendere, colando sulle guance. Sono arrabbiata, confusa e fuori controllo. «Non posso fidarmi dell'amore! È un cocktail di sostanze chimiche che svanisce nel tempo.»

Lui mi asciuga le lacrime con i pollici. «E questo ti fa piangere? Perché hai paura dell'amore?»

Tiro su col naso. «Non ho detto di avere paura.» *È così?* «Ho detto che non mi fido.»

Brendan fa un cenno all'assistente di volo, Henry, che si affretta a portare una scatola di fazzolettini. Mi viene in mente che stavano aspettando Brendan e che forse sanno perché è venuto. Henry sparisce verso il fondo del jet in fretta com'era spuntato fuori, chiudendo una tendina alle sue spalle.

Stringo tra le mani la scatola dei fazzolettini, con le lacrime che continuano a scendere, sembra che la realtà mi stia sfuggendo. Non c'è niente che abbia un senso. Sono seduta su un jet privato, ho una conversazione privata con un testimone discreto vicino e l'uomo che pensavo di non vedere più mi sta promettendo di non lasciarmi mai.

Brendan prende un fazzolettino, me lo porge e mi toglie la scatola dalle mani. Mi soffio il naso e cerco di fermare il piagnisteo. Impossibile, ore che la diga si è rotta.

«Chloe.»

Lo guardo attraverso il velo di lacrime. «Che c'è?»

«Ecco come faremo. Parte prima del programma: dopo Villroy tu tornerai al college. Ci vedremo nei fine settimana.»

«E se dovrò studiare?» Ho la voce tremolante.

Lui mi rivolge un sorriso gentile, e le lacrime ricominciano a scendere dagli occhi che bruciano. «Allora ci vedremo quando avrai finito di studiare, o magari ti aiuterò, facendoti le domande. Ti laureerai e io sarò lì a fare il tifo per te. Va bene finora?»

Annuisco e gli indico di darmi un altro fazzolettino.

Poi continua. «Parte seconda: studierai medicina. E io sarò lì con te. Parte terza: diventerai una ricercatrice e troverai una cura per il cancro. E a un certo punto, tra la prima e la seconda parte mi sposerai.»

Lo fisso senza espressione, sbattendo le palpebre per mandare via le lacrime, cercando di concentrarmi sulla sua faccia. È assolutamente sincero. Non avrei mai immaginato che volesse venirmi incontro molto più che a metà strada in questo modo. È troppo bello per essere vero.

«Ma la tua famiglia...» comincio a dire.

«Capirà.» Sorride appena, mostrando la fossetta che adoro. L'accarezzo piano attraverso la barba e lui copre la mano con la mia, stringendomela. «Mio padre ha rinunciato a un regno per amore, ricordi?»

Annuisco, cercando di capire come potrebbe funzionare, in modo che non arrivi a risentirsi per tutto quello cui dovrà rinunciare. Non glielo avrei mai chiesto, ma me lo sta offrendo lui e non dubito nemmeno un minuto della sua sincerità.

«Bren, è un piano veramente a lungo termine. Sei sicuro che vuoi aspettarmi?»

Lui mi accarezza la guancia guardandomi teneramente. «Se ti sposassi oggi, starei con te per tutta la vita. Se ti sposassi finiti gli studi, starei comunque con te per tutta la vita. Non vado da nessuna parte, Chloe. Dovrai sopportarmi.»

Finalmente ammetto la mia paura più grande. «Tutti quelli vicino a me mi sono stati strappati via. E se tu morissi?»

«Allora verrei a tormentarti da fantasma.»

«Non è possibile. I fantasmi non esistono.»

«Io ti amerò da vivo e da morto.» Mi prende la mano e se la mette sul cuore. «Il nostro amore continuerà a vivere nei nostri cuori.»

«Ma non è successo con i miei genitori. Li ricordo appena. Sara dice che mi amavano moltissimo, ma non lo sento nel mio cuore.» Brendan mi asciuga altre lacrime dalle guance. «Ho un buco nel cuore che non si colma mai.»

«Sara ti ama moltissimo, ti ha dato anche il loro amore. Lei ha continuato con ciò che i tuoi genitori le avevano dato e l'ha passato a te. Non c'è un buco nel tuo cuore, baby. Tu mi ami, giusto?»

Lascio andare piano il fiato. «Sì. Avevo paura di dirlo.»

«Dillo adesso.»

«Ti amo.» Mi sento invadere dalla calma. Non sono stata colpita da un fulmine per aver osato amare. L'aereo non è improvvisamente caduto dal cielo. Ho avuto paura di amare veramente nel caso in cui mi fosse stato portato via.

Brendan abbassa la testa, sussurrandomi dolcemente all'orecchio: «Ti amo anch'io». Mi guarda con l'amore negli occhi.

L'ho sempre saputo, ma avevo paura di fidarmi. Adesso mi crogiolo nel suo amore, godendomelo fino in fondo.

«Bren, ti amo, okay. Ma avevo un piano. Tu non ne facevi parte.»

I suoi occhi scintillano diabolicamente e mi guarda con la testa piegata da un lato. «Quindi ti ho messo i bastoni tra le ruote.»

«Sì!»

«A volte i bastoni sono utili.» Mi guarda con un'espressione lasciva, tirandomi vicina per un bacio. «Posso difenderti.»

Gli metto una mano sul petto. «Sii serio.»

«Lo sono.» Mi bacia di nuovo, più aggressivamente questa volta, distraendomi mentre mi riporta in grembo. Appena mi avvolge attorno le braccia, mi rilasso completamente. È giusto. Non posso negarlo e sto cominciando a credere che Brendan intenda proprio restare con me a lungo termine.

Sospiro quando si sposta per baciarmi il collo. «Ho appena accettato di sposarti?»

Lui alza la testa e sorride. «Credo proprio di sì.»

Gli metto le braccia intorno al collo e lo bacio appassionatamente. Il fuoco divampa tra di noi, calmando le mie paure come nient'altro riesce a fare. È mio e posso tenerlo.

Molto tempo dopo Brendan alza la testa, con gli occhi che bruciano nei miei. «Peccato che non ci sia una stanza da letto in questo jet.»

Gli sorrido. «Puoi aspettare fino a Villroy.»

Lui sfiora il mio labbro inferiore con il pollice. «Tortura.» La sua voce roca mi graffia dentro.

Sospiro tremante e mi accoccolo contro il suo petto. Alzo la testa quando mi viene in mente una cosa. «E se le cose non avessero funzionato tra di noi? Saresti rimasto incastrato con me sul jet e a Villroy.»

Brendan mi rivolge un sorriso strafottente. «Sarebbe stata una visita piuttosto imbarazzante, eh? Ma sapevo che avresti ceduto al mio fascino diabolico.»

Lo guardo negli occhi, stranita da quello che provo per lui.

Brendan è sicuro di sé a sufficienza per entrambi e sto cominciando a fidarmi della sua sicurezza.

Lui mi dà un piccolo morso sul labbro inferiore poi lo succhia. «Tu sei mia.»

Gli passo le dita nei capelli morbidi, sorridendo. «Aspetta, non hai intenzione di affrontare Michael a Villroy, vero?»

«Non ne avrò bisogno. È lampante che sei pazza di me.»

«Sei così presuntuoso.»

Lui sogghigna. «E ho ragione.»

«Ci sposeremo davvero?»

Lui torna serio. «Voglio che prima prenda la laurea alla Columbia. Devi concentrarti su quello, senza distrazioni. Ti sembra che vada bene?»

Mi pungono gli occhi e stringo le labbra, cercando disperatamente di non rimettermi a piangere. «Sì, ti amo alla follia.»

Lui mi abbraccia, baciandomi i capelli. «L'ho sempre saputo.»

18

Dieci mesi dopo

Brendan

Mi sembra che il cuore stia per esplodermi in petto. Letteralmente. Sono così maledettamente orgoglioso della mia donna. Balzo in piedi quando Chloe attraversa il palcoscenico per accettare il suo diploma di laurea. Si è laureata summa con laude, una votazione che raggiunge solo il miglior cinque per cento degli studenti, con il doppio indirizzo in biologia e chimica. Dopo aver stretto le mani alla fila di rettori, sorride e saluta noi tra il pubblico.

Sara sta filmando con il suo telefono come una madre orgogliosa. Ha praticamente cresciuto Chloe e le voglio un bene dell'anima per questo. Mio cugino Adrian ha in braccio il piccolo Henry e sta fischiando con due dita in bocca per festeggiare Chloe. Ha il compito di tenere Henry, che adesso ha venti mesi, perché altrimenti il piccolo si metterebbe a vagabondare. Lindsey, che è stata la compagna di stanza di Chloe per tre anni, è seduta accanto a noi. È stata una buona amica per Chloe. Sono piuttosto intime, se si tiene conto di quanto tempo passa Chloe studiando. Lindsey dice che sarà dura per lei tornare al college in autunno senza la sua compagna di stanza. Lei si laureerà solo il prossimo maggio.

Guardo Chloe mentre si siede di nuovo tra la massa di tocchi e toghe azzurre. Ho un enorme sorriso sul viso e gli occhi che pungono per le lacrime. Io giuro che è un genio, anche se lei insiste a dire che, semplicemente, lavora sodo. In quanti avrebbero potuto fare ciò che ha fatto lei? Laurearsi con il massimo degli onori sia in chimica sia in biologia in soli tre anni in una delle università più prestigiose. È notevole. Lei è notevole. Spero che i nostri figli prendano da lei. Ma è una cosa per il futuro. Ha tempo. Ha solo ventun anni adesso e una nuova sfida davanti a sé: la facoltà di medicina di Harvard. Sì, è stata accettata. Ho quasi pianto quando ha ricevuto la notizia. Vabbè, ho pianto, ma solo un po'. Le emozioni sono contagiose.

Scambio un sorriso un po' lacrimoso con Sara. «La nostra ragazza è un fottuto genio» le sussurro.

Sara è al settimo cielo. «Lo so! Sono così fiera di lei.»

Il resto della cerimonia si trascina lentamente. Sono ansioso di andare a prendere Chloe e congratularmi con lei. Quest'anno scolastico non è stato poi così malvagio per quanto riguarda il vederci. Abbiamo concordato che sarei andato a prenderla il sabato sera, una volta finito di studiare per portarla a casa mia per passare lì la notte. Passiamo tutta la domenica insieme. È il suo giorno libero. A volte succede che debba studiare un po', quando è proprio necessario, ma capisco. Non mi dispiace, purché siamo insieme. Beast è stato così gentile da sparire durante i fine settimana, per darci un po' di privacy. Di solito sta da Sean e Josie, che hanno una stanza per gli ospiti.

Mi trasferirò nel Massachusetts con lei. È perfetto, perché potremo risiedere in un alloggio per studenti a buon mercato, un appartamento poco lontano dal campus. Sono l'unico che si è completamente allontanato dall'impresa di famiglia. Dylan ha lasciato una porta aperta per me, nel caso in cui Chloe finisca per lavorare a New York. Per il prossimo futuro, comincerò a lavorare per conto mio, comprando case in cattivo stato, restaurandole e rivendendole. È una cosa che mi entusiasma perché ho sempre voluto essere padrone di me stesso ed è un lavoro che posso fare ovunque. Ci sono sempre case malridotte che hanno bisogno di restauri. E so come trovare dei buoni investimenti grazie a tutto il tempo che ho passato cercando proprietà per la Rourke Management.

E sapete chi si occuperà di trovare le proprietà per loro adesso? Due persone, in effetti, mio padre e mia cognata Ariana. È un lavoro perfetto per loro dato che mio padre ha la licenza da agente immobiliare e Ariana lavorava per una società di sviluppo immobiliare. Lavora da casa in modo da poter avere orari flessibili per stare con la bambina. Quindi anche questo è andato bene. Il mio lavoro continuerà a restare in famiglia.

Finalmente Chloe ci raggiunge, sorridente. «Ce l'ho fatta!»

Sara la raggiunge per prima, abbracciandola e piangendo. «Ce l'hai fatta! La mia sorellina cervellona. Sono così fiera di te!» Chloe l'abbraccia, sorridendomi sopra la spalla di sua sorella.

Appena Sara la lascia andare, prendo Chloe tra le braccia. «Congratulazioni, laureata. Anch'io sono fiero di te.» Le prende il volto tra le mani e la bacio. «E impressionato.»

Lei mi mette la mano sulla guancia, accarezzando la barba. «Grazie, Bren. E grazie per essere stato così paziente con me quest'anno.»

«Ne valeva la pena.»

Adrian e Lindsey si congratulano e Chloe bacia la guancia paffuta di Henry, esclamando che è diventato grande.

Ci uniamo alla folla che esce lentamente. Adrian ha affittato una limousine per portarci in un elegante ristorante italiano per festeggiare. Ho scelto io il posto perché hanno dei magnifici tortellini e voglio ricordare a Chloe il nostro primo "appuntamento" quando abbiamo preparato insieme i tortellini e cercavamo ancora di resistere all'attrazione che c'era tra di noi. Ho sempre saputo che era una battaglia persa. Ah! È valsa la pena di torturarmi per mesi, solo per conoscerla meglio. Mi è entrata nel cuore. Ho qualcosa di speciale in programma per Chloe per quando saremo nel ristorante.

Chloe

Siamo attorno a un tavolo per sei in un ristorante italiano di classe per il pranzo del giorno della mia laurea. Siamo io, Brendan, Sara, Adrian, Lindsey e Henry nel suo seggiolone. Sono seduta tra Brendan e Henry. Devo godermi mio nipote mentre posso farlo. Adoro questo piccolino.

«Sono lieta di essermi tolta la toga e il tocco» dico. «Cominciava a fare veramente caldo lì sotto.»

«Eri meravigliosa» dice Sara. «Come una studiosa.»

Sorrido. È una gran bella sensazione laurearsi dopo tre anni di duro lavoro. So che ho quattro anni di medicina davanti a me e non saranno neanche lontanamente facili, ma ho una pausa tra adesso e quel momento. Il giorno per il trasferimento è il 2 agosto. Voglio godermi quest'estate con il mio miglior amico e amante, il fenomenale Brendan Rourke. Brendan e io abbiamo in un certo senso imparato insieme come vivere la nostra relazione. Siamo il primo amore per entrambi ed è una cosa piuttosto speciale.

Lui mi alza il mento. «Mi stai fissando come se mi adorassi. Continua pure.» Mi bacia e sorride.

Sono così pazza di lui e glielo dico talmente spesso che si sta montando la testa. «Sempre modesto.»

«Qualcuno deve pur esserlo, signorina Summa cum laude. Giuro che chiamerò il Mensa e ti farò valutare.»

Scuoto la testa, sorridendo. «Smettila, sai che è solo duro lavoro. È solo l'impegno che ci metto per ottenere il risultato che voglio che lo fa sembrare facile. Se fossi veramente un genio non avrei sudato tanto durante gli esami finali.» Sudo veramente. Il mio cervello lavora così strenuamente che durante gli esami sudo come se mi stessi allenando.

Appare il cameriere per leggerci il menu del giorno. Una delle portate sono tortellini appena fatti!

Mi volto a guardare Brendan. «Tortellini! Io prendo sicuramente quelli. Ricordi quando li abbiamo fatti? È stato difficile ma anche divertente.»

Lui sorride e si rivolge agli altri. «Chloe e io siamo stati pseudo-amici per un mese l'estate scorsa e abbiamo fatto i tortellini insieme.»

Ci sorridono tutti.

Io lo guardo sorpresa. «Aspetta. Pseudo-amici? No. Eravamo amici veri.»

Lui mi rivolge un'occhiata divertita. «Vuoi forse dire che non stavi combattendo contro un'enorme attrazione per tutto il tempo?»

«Beccata!» esclama Lindsey. Ha i capelli corti e adesso sono tornati al loro normale castano. Quasi mi manca il viola di prima. «Ho sentito parlare del vicino sexy che viveva alla porta accanto che dovevi mantenere nella friendzone.»

«Lindsey!» esclamo. «Quei messaggi disperati erano privati.»

E ridiamo tutti.

Un po' dopo mi sto godendo i tortellini e anche Brendan. «Che cosa ne pensi?» gli chiedo. «Sono migliori dei nostri?» Sto scherzando. Questi sono decisamente migliori.

«Se pensi che era la prima volta in cui cucinavamo insieme, direi...» ride, «... che i loro sono decisamente migliori. Probabilmente abbiamo cotto i nostri troppo a lungo, erano piuttosto gommosi e alcuni non avevano praticamente ripieno. Ma mi sono piaciuti perché li avevamo fatti insieme.»

Sento una stretta al cuore. Vorrei baciarlo ma non voglio trasformarmi in un budino di fronte alla famiglia di mia sorella e a Lindsey. Invece sorrido e mi volto verso Henry, offrendogli un tortellino. Ha un piattino di maccheroni al formaggio che sta praticamente ignorando. Mastica volentieri il tortellino e grugnisce, chinandosi in avanti e indicando che ne vuole ancora. Sara gli ha insegnato il linguaggio dei segni dei bambini perché sta tardando a parlare. Tutto quello che dice è mamma, papà e no.

Una volta finito di mangiare e sparecchiata la tavola, Brendan mi dice: «Ho ordinato una torta».

«Davvero?» Mi massaggio lo stomaco pieno. «Avresti dovuto avvisarmi, così avrei tenuto un po' di posto.»

«C'è sempre posto per la torta.»

Scuoto la testa. «Non lo so. Magari mangerò un boccone della tua.»

Sara mi racconta le ultime novità del casinò che gestisce con Adrian, ed è sempre affascinante sentirla parlare. Fanno un sacco di cose brillanti, eventi e nuovi giochi per invogliare i clienti a tornare.

Brendan mi sussurra all'orecchio. «Guarda.»

Mi volto proprio mentre il cameriere appoggia una torta di cioccolato rotonda con un grande bastoncino in cima da cui si sprigionano scintille dorate. Non ho mai visto una torta di festeggiamento come questa. Di solito ci sono le solite noiose candeline.

«Che bello!» guardo Henry, che ha gli occhi grandi come piattini e la bocca aperta. Piacciono anche a lui. Do un'occhiata intorno al tavolo per vedere la loro reazione. Stanno sorridendomi tutti. Lindsey arcua le sopracciglia, indicando Brendan.

Mi volto, ma non c'è. Poi mi rendo conto che la sua sedia è stata spinta indietro perché si è messo su un ginocchio e mi porge un anello di diamanti.

Mi porto la mano alla bocca, con gli occhi pieni di lacrime. Aveva detto di voler aspettare che mi laureassi prima di fidanzarci. Non sapevo che intendesse dire proprio lo stesso giorno.

«Chloe, sei il mio mondo, il mio cuore, il mio amore eterno. Il mio primo e l'ultimo. Vuoi diventare mia moglie?»

Annuisco, senza riuscire a parlare. Mi infila l'anello al dito e si alza, tirandomi tra le braccia. Gli avvolgo le braccia intorno alla vita e lo stringo forte, mentre le mie lacrime inzuppano la sua camicia.

Lui mi accarezza i capelli. «Ti amo.»

Alzo la testa. «Ti amo anch'io!»

«Evviva!» esclama Sara. «Congratulazioni! Ero pronta e ho fatto un mucchio di fotografie della proposta. Vieni qua, fammi vedere quel sasso.»

Rido e vado da lei, mostrando il semplice solitario rotondo su una fascia d'oro. È perfetto. «Quindi sapevate tutti che aveva intenzione di chiedermi di sposarlo?»

Lei sorride e anche Adrian e Lindsey.

«Ero così eccitata» dice Lindsey. «È stato difficile mante-nere il segreto.»

Mi volto a guardare Brendan che si è seduto mentre il cameriere è tornato ad affettare la torta. Brendan mi sorride teneramente, guardandomi con i suoi occhi dolci. «Volevo che ci fosse la tua famiglia.» Poi si rivolge a Lindsey: «Tu sei una sorella onoraria, quindi ne fai parte».

Lindsey mi sorride felice. Le rivolgo un sorriso lacrimoso, rendendomi conto di colpo di quanto sono stata fortunata ad avere avuto una compagna di stanza così meravigliosa questi ultimi tre anni. Ha sempre trovato il tempo per divertirsi con me, anche se aveva anche un altro gruppo di amici con cui usciva. Vado da lei e l'abbraccio. «Mi mancherai.»

«Mancherai anche a me» esclama lei, abbracciandomi. «Il college non sarà più lo stesso senza la mia compagna.»

Tiro su con il naso e asciugo altre lacrime. «Resteremo in contatto. Sono sicura che il tuo ultimo anno sarà meraviglio-so.» Parliamo ancora per qualche minuto e poi vado a sedermi.

Brendan mi dà una forchettata della sua torta.

«Mmm, è così buona. Vorrei solo avere spazio.»

«Me ne farò dare una fetta da portar via per te» dice. «Tranquilla, ci ho pensato.»

Gli sorrido con tutto l'amore che ho nel cuore e poi guardo la mia famiglia, con il cuore pieno da scoppiare. «È il giorno più felice della mia vita» riesco a dire nonostante il groppo in gola.

Sara alza il suo bicchiere verso di me. «A molti altri giorni felici!»

Per la prima volta guardo al futuro non solo come un lungo carico di lavoro, ma come un'avventura scintillante, piena di momenti meravigliosi. È l'amore che mi ha aperto il cuore a più possibilità. È Brendan, l'amore della mia vita.

«Udite, udite!» esclama Adrian alzando il suo bicchiere e facendo un brindisi con Sara. Poi anche noi lo imitiamo, tutto intorno al tavolo.

Sospiro felice. Laurearmi dopo tutto il mio duro lavoro e

fidanzarmi con l'amore della mia vita: non c'è mai stato un giorno più bello.

Brendan

Spingo Chloe contro la parete appena siamo soli a casa mia. Siamo a metà settimana, quindi Beast è al lavoro. «Finalmente ti ho tutta per me.» La bacio e poi la sollevo perché possa avvolgermi le gambe intorno. Lei si aggrappa alle mie spalle mentre approfondisco il bacio.

Chloe stacca il viso, con un'espressione troppo seria. «Per quanto mi piaccia mettermi nuda con te, ho una domanda da farti.»

Mi fermo, di colpo inquieto. «Che c'è?»

«Sarò felice di diventare tua moglie quando vorrai, ma ti dispiacerebbe aspettare ad avere figli finché avrò finito l'internato?»

Sono così contento che non sia niente di brutto che sento un'ondata di energia travolgermi. È pura felicità. «Assolutamente.» Vado verso la mia stanza con lei appiccicata addosso. «Nel frattempo saremo felici solo noi due.»

«Non voglio un matrimonio in grande. In effetti, dovremmo risparmiare. La facoltà di medicina è costosa.»

La rimetto in piedi accanto al letto e le tolgo l'abito verde chiaro passandolo dalla testa. «Così va meglio.» Poi il gancio del reggiseno. «Che ne dici se ci sposiamo con una piccola cerimonia civile prima che cominci medicina, in modo da poterci permettere la luna di miele? Diciamo due settimane alle Hawaii. Jack non la finiva più di parlarne.»

Lei mi guarda stupita. «Hai già programmato tutto?»

Non posso fare a meno di sorridere. «Sì. Non volevo che tu fossi distratta da tutta questa roba mentre eri impegnata con gli esami finali.»

«Bren! Come facevi a sapere che era quello che volevo?»

Le tolgo il reggiseno e le abbasso le mutandine. Poi la butto sul letto, coprendola. Lei squittisce e poi ride.

«Perché ti conosco» le dico baciandola.

Chloe scuote la testa, sembra un po' stordita. La mia magnificenza ha quest'effetto su di lei. «Hai già prenotato la luna di miele?»

«Ovvio.» Le bacio il collo e poi le mordicchio il lobo dell'orecchio. «Cerimonia in municipio all'inizio di luglio, seguita dalle Hawaii. Torneremo in tempo per l'inizio del semestre.»

Lei mi dà un colpetto sulla spalla. «Ehi! È perfetto.»

«Lo so» rispondo ridendo.

Mi alzo solo per il tempo di spogliarmi e prendere un preservativo, la raggiungo di nuovo, intrecciando le dita e inchiodandole le mani sul materasso. Lei apre le labbra, gli occhi lucidi di felicità. Tutto grazie a me.

«Eri proprio sicuro di te» mi dice.

«Conosco la mia donna.»

«È vero. Dovrò organizzare qualcosa di bello anche per te.»

«Tu, Chloe, sei l'unica cosa di cui ho bisogno.»

Lei libera le mani, mi afferra il sedere e mi tira vicino. Colgo il suggerimento, scivolando profondamente dentro di lei. I nostri sguardi si incontrano e improvvisamente penso che è la prima volta in cui facciamo l'amore da fidanzati.

«Hai un'espressione veramente sdolcinata» mi accusa. «Smettila o mi farai piangere.»

«Non posso farne a meno.» Mi chino e le mordicchio il lato del collo. «Ti amo così tanto.»

È diverso questa volta, meno affrettato ma, oh, così soddisfacente. I nostri respiri si mischiano e c'è un collegamento a un livello profondo che va oltre le parole, oltre i nostri corpi. È l'assoluta beatitudine dell'amore.

È finalmente successo per me. Valeva la pena di aspettare per avere Chloe.

EPILOGO

Chloe

È il fine settimana del Labor Day, all'inizio di settembre e ho qualche giorno di vacanza per la prima volta in un mese. È un sollievo allontanarsi. Non che non ami quello che sto facendo, ma è un sacco di duro lavoro. Ho imparato ad apprezzare il tempo libero. Brendan e io stiamo andando in auto verso New York per trovarci con la sua famiglia nella casa al lago che hanno affittato.

«Manda un messaggio a Jack, dicendogli che stiamo per arrivare» dice Brendan mentre svolta in Lakeshore Drive.

Mando un messaggio veloce (tutti i Rourke sono tra i miei contatti adesso) prima di sbirciare fuori dal finestrino, vedendo tutti i cottage carini e le case più grandi sulla collina che dà su un bel lago con un po' di gente fuori in barca a remi o in canoa.

«È così bello» dico. «Sei già stato qui?»

«Sì. Jack e Riley si sono fidanzati qui in un cottage sulla riva e ne affittano uno ogni anno per il Labor Day per festeggiare quell'evento in famiglia. Adesso che la famiglia si è allargata, hanno affittato una casa più grande.» Indica davanti a noi. «È la casa bianca a due piani lassù.»

«Oh, guarda la terrazza che dà sul lago. È così bella. Mi chiedo come mai non ci sia nessuno seduto lì.»

«Probabilmente sono tutti impegnati a mangiare. Un'amica di Jack ha un ristorante a Brooklyn e provvede al cibo ogni anno.»

«Elegante.»

Lui ride e mi stringe la mano. «Già.»

«Sei mai andato a pescare?»

«No.»

«Nemmeno io. Forse potremmo provare mentre siamo qui.»

Brendan svolta nel vialetto e spegne il motore. «Qualunque cosa tu voglia fare. Jack dice che ci sono principalmente persici e trote.»

«Non ho idea di che aspetto abbiano, ma immagino che lo scoprirò.» Scendo e andiamo a prendere la valigia e una confezione di birra dal baule. Io prendo la birra.

Brendan tira fuori il trolley, chiude il bagagliaio e mi toglie dalle mani la confezione di birra. Mi indica col mento di precederlo.

«Bren, adesso sono a mani vuote.»

«Porta il tuo miglior sorriso. Hop-hop. Jack ha detto di aver lasciato aperta la porta del patio e di passare da lì.»

Salgo i gradini della terrazza e aspetto Brendan accanto alla parete di vetro, sbirciando all'interno. «È tutta decorata con palloncini a forma di cuore, fiori e striscioni bianchi.»

«Uh. Sembra che stiano festeggiando qualcosa.»

Volto la testa, guardandolo sospettosa. Mi sembra un po' troppo indifferente.

Lui sorride, con gli occhi azzurri che scintillano divertiti. «Aprimi la porta per favore. Ho le mani occupate.»

«È un'imboscata?»

Lui incarca le sopracciglia. «Cioè, intendi dire che ti attaccherà l'intera famiglia? Mi sembra giusto.»

Mi fa ridere. Sono stupida. Apro la porta di vetro del patio e la tengo aperta per Brendan.

«Sono qui» sussurra forte qualcuno.

«Pensavo che avrebbe mandato un messaggio a Jack

quando erano a cinque minuti di distanza» sussurra qualcun altro.

«Accidenti, ho il telefono in carica.»

Mi volto a guardare Brendan che sembra divertito e poi inarca le sopracciglia e fa un cenno alla sua famiglia, come per dire *andate pure*.

«Congratulazioni» urlano tutti.

E poi l'orda discende su di noi. Mio suocero mi porge un mazzo di rose rosse, mia cognata Josie mi mette un velo da sposa sulla testa e mia suocera mi dà una giarrettiera blu, che Brendan mi infila mentre sono lì, immobile, sotto shock. Qualcuno è sparito con la nostra valigia e la birra.

Sbatto le palpebre, confusa. «Perché ho un velo e una giarrettiera? Ci siamo sposati due mesi fa.»

Brendan mi sussurra all'orecchio: «Volevano festeggiare con noi qui, dato che ci siamo sposati in municipio e la maggior parte di loro non c'era».

Mi volto a guardare la mia nuova famiglia, sbalordita che abbiano fatto questo per noi. Una festa per qualcosa che si sono persi. «Non intendevamo lasciar fuori nessuno dal nostro matrimonio. Stavamo cercando di risparmiare, per via della retta della facoltà e la luna di miele. Oh, adesso mi sento così male perché lo avete perso.»

«Ricreiamolo» dice Brendan, togliendosi la maglietta.

Resto a bocca aperta davanti a mio marito a torso nudo. «Che cosa stai facendo?»

Brendan afferra la t-shirt che gli ha lanciato Jack, una di quelle con la stampa di un finto smoking. È assolutamente ridicola e così spassosa. Ridacchio e poi non riesco a smettere di ridere.

«Io sono la damigella d'onore!» dice una voce familiare.

Volto di colpo la testa. «Sara! Oh mio Dio, non sapevo che ci saresti stata anche tu!» Mi affretto ad abbracciare mia sorella, con gli occhi pieni di lacrime.

Lei si stacca e mi sistema il velo in quel suo modo materno, sorridendo. «Volevo festeggiare con voi il matrimonio parte seconda.»

«Grazie.» Abbraccio suo marito Adrian che appare al suo

fianco. «E grazie per quello che hai fatto per permetterlo» gli dico. So che è lui quello dietro le quinte a organizzare tutto con il jet privato, per non parlare del personale che coprirà la sua assenza e quella di Sara al casinò.

«Fai parte della famiglia, Chloe» dice Adrian. «Tutto per la famiglia.»

Mi asciugo le lacrime, completamente esterrefatta per quello che sta succedendo. Colpisco Brendan con un dito. «Avresti dovuto avvertirmi. Adesso sarò tutta un piagnisteo.»

Lui mi prende la mano. «È più divertente così.»

«È per questo che mi hai detto di indossare il mio vestitino bianco?»

«Sì ed è anche il motivo per cui te l'avevo comprato.» Ammicca. «E sei così sexy quando lo indossi.»

Rido e mi guardo intorno. «Aspettate, dov'è Henry?» Mio nipote ha ventitré mesi. Non vedo l'ora di vedere quant'è cresciuto.

«Henry porterà l'anello e Olivia è la ragazza dei fiori. Ariana li sta preparando dietro l'isola della cucina.» C'è una grande isola che separa il soggiorno dalla cucina. Ariana è la moglie di Dylan e Olivia la loro adorabile bambina.

Si sente la voce di Henry: «Mamma!».

«Sarà meglio che cominciamo» dice Sara. «Tutti ai vostri posti!»

La stanza è grande, quasi senza mobili, solo alcune sedie contro una parete in fondo alla mia destra. Guardo a sinistra e c'è un arco di fiori rosa. Resto a bocca aperta. Come ho fatto a non notarlo prima?

Sento Josie, con la sua sonora voce teatrale: «Ti piace? L'arco viene dal mio matrimonio a San Valentino. Solo che noi avevamo un mucchio di decorazioni rosa».

«È bello. Grazie per averlo condiviso.»

Lei corre da me, sorridendo. «Nessun problema. Funziona bene per un matrimonio al chiuso, con i fiori di seta.» Mi bacia la guancia. «Sono così contenta di poter partecipare al tuo matrimonio adesso.»

Adrian srotola un tappeto rosso con l'aiuto di Garrett. È come se percorressi una navata. Incredibile.

Subito dopo, sono tutti ai loro posti. È una follia. Una sposa che è già sposata! Brendan è in piedi accanto all'arco floreale che mi aspetta con mio suocero come officiante. Garrett è il testimone. Sara riunisce Olivia e Henry dall'altro lato del tappeto rosso. Olivia ha diciannove mesi. Stanno crescendo così in fretta.

Dagli altoparlanti sull'isola della cucina comincia a uscire una musica lenta. Raggiungo Sara, Olivia e Henry. Non riesco a smettere di sorridere vedendo tutta quella gente. La nostra famiglia si raccoglie ai due lati del tappeto rosso. Per tantissimo tempo ho pensato che la mia famiglia fosse solo Sara, ma guardate adesso! Tanta gente che mi vuole bene e che amo con tutto il mio cuore.

Adrian appare al mio fianco. «Mi faresti l'onore di permettermi di accompagnarti all'altare?»

Gli rivolgo un sorriso lacrimoso e annuisco. «Mi piacerebbe.» Adrian mi conosce da tutta la mia vita, da quando da bambina passavo le estati a Villroy con la mia famiglia. Ha deciso che faccio parte della famiglia ed è una cosa che finora non avevo accettato in pieno. Ho una famiglia ai due lati dell'oceano, penso, con un groppo in gola. Come ho fatto a essere così fortunata?

Henry sbatte contro la mia gamba, abbracciandomi. Lo stacco, mi accuccio e lo abbraccio. «Ho sentito che hai un lavoro importante, ometto. Dovrai dare allo zio Brendan quel bel cuscinetto e l'anello.» È una gigantesca caramella rossa a forma di anello. Fortunatamente hanno lasciato la plastica, altrimenti Henry avrebbe già tentato di mangiarla. Gli indico la direzione giusta. «Vai, ci vediamo lì in fondo.»

Lui fa due passi e poi torna indietro da sua madre. Sara lo prende per mano e percorre il tappeto con lui.

Olivia non ha bisogno di istruzioni. Ha in mano un cestino pieno di petali di rosa e, per una bambina così piccola, è estremamente aggraziata, quasi danza lungo il tappeto, allargando le sue braccine e lanciando un petalo, una piroetta, qualche passo e poi un altro lancio.

«Proprio come sua madre» dice orgogliosamente Dylan. «Una piccola ballerina.»

Ariana fa spallucce. «Non gliel'ho insegnato io.»

È tutto un *oooh* e *aaah* rivolto agli adorabili bambini.

La musica passa alla marcia nuziale e di colpo sembra tutto reale. Non c'era stata la musica né la processione nuziale per il mio pratico matrimonio in municipio. Oh, sono così contenta di avere quest'occasione adesso!

Adrian mi porge il braccio e io appoggio la mano.

E poi cammino verso mio marito sul tappeto rosso, pronta a sposarlo di nuovo.

~

Brendan

Vabbè, se Chloe non l'avesse già saputo adesso lo sa: la mia famiglia è folle. Hanno capito il motivo del matrimonio in municipio, ma proprio non hanno potuto fare a meno della rievocazione. Dato che Chloe l'ha accettato con tanta facilità, considererò questa come la notte di nozze parte seconda. Chloe era stata una gatta selvatica la prima volta.

Sorrido mentre mi toglie una briciola di glassa dall'angolo della bocca. Stanno tutti mangiando la torta e bevendo champagne. Qualcuno ha lasciato che i bambini mangiassero i dolci e adesso stanno correndo in circolo intorno alla stanza, solo per il gusto di farlo.

Chloe prende un'altra forchettata di torta. «È stato talmente meraviglioso che penso che dovremmo rifarlo. Sai, rinnovare i voti per un anniversario importante, diciamo il venticinquesimo o qualcosa di simile.»

«Che ne dici del decimo anniversario, con una cerimonia sulla spiaggia nelle Hawaii?»

Lei spalanca gli occhi. «Mi piacerebbe. Sei bravissimo a progettare questa roba. Sei ufficialmente incaricato di programmare vacanze favolose e tutti i futuri rinnovi dei voti.»

Le bacio la guancia. Non è poi questo grande onore. A lei non piace organizzare eventi, si concentra solo sugli studi. E su di me, ovviamente. Diventa ancora più amorevole e affe-

zionata giorno dopo giorno. È come se avesse dovuto imparare a fidarsi del fatto che sono veramente rimasto come
avevo detto. La capisco. Perdere entrambi i genitori da piccoli
può causare un serio trauma da abbandono. È stato difficile
per lei.

Dylan accompagna sua moglie, che ha un pancione
enorme, verso la porta del patio. Ariana sta aspettando due
gemelle per il prossimo mese. Dicono entrambi che tre figlie
sono più che sufficienti. Dylan sarà decisamente in minoranza
con tre figlie e una moglie.

«Tutto bene?» gli chiedo.

Lui sorride. «Va tutto bene. Ha solo bisogno di fare due
passi. È un po' affollato lì dentro con due gemelle.»

«Ancora congratulazioni a voi due» dice Ariana, tenen-
dosi il pancione e respirando forte. «Sono così felice per voi.»

Con la coda dell'occhio vedo una figuretta con lunghi
capelli scuri che si sta precipitando verso Ariana. Prendo al
volo mia nipote prima che faccia perdere l'equilibrio a sua
madre. La metto sottosopra. «Dove pensi di andare?»

Olivia ride istericamente mentre la sollevo in modo da
guardarla negli occhi.

«Attento, Bren. Ha appena mangiato la torta» mi dice
Dylan.

La rimetto a terra e lei afferra i jeans di Dylan, fissandomi
con i suoi grandi occhi castani e sorridendomi timidamente. È
una mini-Ariana. Dylan solleva sua figlia e la infila sotto il
braccio. Lei sembra perfettamente contenta, per nulla distur-
bata dal movimento. Dylan accompagna fuori Ariana. «Ci
vediamo tra un po'» dice voltando la testa.

Chloe si volta verso di me. «Non ti capita mai di pensare
che vorresti avere un bambino, quando vedi tua nipote e tutte
le tue cognate incinte?»

«No. Tutti questi nipoti ci faranno far pratica. Come
quando si prende un cane per assicurarsi di essere in grado di
tenere in vita qualcosa prima di passare alla varietà umana.»

Chloe fa una bella risata.

Mi chino verso di lei e sussurro: «Sembra che ci sia qualcosa nell'acqua da queste parti, vero?». Non solo Ariana è

incinta, ma la moglie di Jack, Riley, è di sette mesi e abbiamo scoperto oggi che Rebecca, la moglie di Connor, è di tre mesi. I miei genitori sono entusiasti. Sono felicissimi di diventare nonni. Sean e Josie aspettano. Lei è giovane e la sua carriera sta decollando. Ha appena avuto la parte principale in una sitcom e il bello è che stanno filmando a New York.

Chloe mi dà una spallata. «Non è l'acqua. È il troppo testosterone. Tutta questa virilità.»

«Penso che siano le donne. Non riescono a resistere a un Rourke.»

Lei mi sorride. «Sono una Rourke anch'io adesso, quindi significa che non puoi resistermi.»

«E viceversa.» La bacio con tenerezza. Non gliel'ho chiesto, ma ha preso il mio cognome. Ha detto di averlo fatto in modo che i nostri futuri figli abbiano il nostro stesso cognome. La famiglia è importante per lei. Comunque, non posso non meravigliarmi del fatto che l'abbia voluto. È un tale onore. Un giorno diranno che la dottoressa Chloe Rourke ha trovato una cura per il cancro. Una Rourke finirà nella storia per qualcosa di impressionante. La mia donna scuoterà il mondo rendendolo migliore.

Finiamo la torta e andiamo in cucina con i nostri piatti. Beast è lì, a prendere una birra dal frigorifero. Si raddrizza, apre la bottiglia e me la porge.

«Sto bene così, grazie» dico. «E grazie per aver fatto il testimone per me per la seconda volta.» Lo aveva già fatto per la cerimonia in municipio. Sara era la damigella d'onore e testimone. C'erano anche i miei genitori. Sapevo che non mi avrebbero mai perdonato se se lo fossero perso.

Beast beve un sorso di birra. «Mi devi un favore.»

«Certo, certo, quando ti sposerai ti farò da testimone. Ehi, vuol dire che potrò organizzare un addio al celibato per te.»

«Già» dice appoggiandosi al ripiano. «Mi serve solo una sposa.»

Chloe gli stringe il braccio. «Sei un ottimo partito. Arriverà la donna giusta.»

Lui grugnisce. «Quella *giusta*. Ecco qual è il punto dolente.»

Gli do un pugno sulla spalla. «Hai ventisei anni. Rilassati, divertiti.»

Chloe si volta verso di me. «Tu avevi ventisei anni quando ci siamo incontrati.»

«Sì, ma non ci siamo fidanzati fino ai ventisette e ne avevo ventotto quando ci siamo sposati.»

«Sì, li avevi compiuti da una settimana.»

Le do un'occhiata di avvertimento. Beast è sensibile. Lo sta facendo star male perché è l'unico uomo single tra di noi. Ha avuto delle ragazze, ma nessuna che sia durata.

Finalmente Chloe capisce e gli dice: «Le relazioni non sono poi questa gran cosa».

«Ehi!» protesto. Non doveva coinvolgermi.

Beast ridacchia e mi guarda inarcando le sopracciglia. «Sì, okay. Grazie, Chloe.»

Chloe mi dà un'occhiata che dice che stava solo cercando di farlo sentire meglio.

«Voi due avete un intero linguaggio fatto di occhiate» dice Beast. «È bizzarro.»

«Ehi ragazzi» canticchia Josie mentre si avvicina per prendere un bicchiere d'acqua. «*Living Gold* usa un pubblico vero mentre si registra. Dovreste venire. I vostri genitori l'hanno visto la settimana scorsa e l'hanno apprezzato.» È la sua nuova sitcom.

«Grazie, ma torneremo a casa domani» dico. «Lo vedremo quando sarà in onda.»

«Registrate fino a tardi?» chiede Beast.

«A volte» risponde Josie. «La chiamata è in qualunque momento tra le tre e le sette di sera.»

«Bene. Fammi sapere se una settimana girerete sul tardi e verrò.»

«Splendido!» dice Josie sorridendo. «Ti piacerà. Ti metterò sulla lista con un posto riservato in prima fila. Devo avvertirti però, a volte ci vogliono ore per la registrazione.»

«Nessun problema. Dopotutto, mi fate restare a casa vostra senza pagarvi l'affitto.»

«Oh, Beast!» si rivolge a noi. «Ci cura la casa quando siamo via e si rifiuta di farsi pagare. E lascia la cena pronta per noi quando torniamo.» Dà una stretta alla spalla massiccia di Beast. «Sei un tale tesoro.»

Si congratula ancora con noi e va in cerca di Sean, suo marito, che è vicino all'arco floreale sotto il quale si sono sposati quasi due anni fa.

Chloe, Beast e io usciamo sulla terrazza per ammirare il panorama. Qualche minuto dopo, Jack chiama Beast perché lo aiuti con il grill, quindi restiamo solo mia moglie e io, in piedi accanto alla ringhiera, a guardare il lago scintillante circondato da alberi verdi frondosi.

Le metto un braccio sulle spalle. «Stai pensando quello che penso io?»

Lei alza gli occhi, con un sorrisino malizioso sulle labbra. «Rievocare la nostra prima notte di nozze?»

La piego sopra il braccio per un bacio e Chloe squittisce sorpresa. Le sorrido e la bacio prima di rimetterla in piedi. «Sapevo che ci doveva essere un motivo per cui ti ho permesso di attirarmi in una relazione stabile. Hai anche tu la stessa mia mente licenziosa.»

«Io ti ho attirato? Direi piuttosto che tu mi hai stuzzicato e tentato finché non ho avuto altra scelta, visto che eri così cotto di me.»

La sposto davanti a me e le avvolgo le braccia intorno alla vita da dietro. «Stiamo riscrivendo la storia, eh?»

Lei si rilassa contro di me. «Il problema è che...» Si volta, si mette in punta di piedi e mi sussurra all'orecchio: «Non ho messo in valigia le manette». È tornata alla cosa importante: notte di nozze parte seconda.

«Così come va?» Le prendo entrambi i polsi con una mano e li sollevo sopra la sua testa. Poi la bacio con passione.

«Funziona anche così» dice quando finalmente la lascio emergere per respirare.

Continuo a tenerle stretti i polsi, osservando le sue pupille dilatate e le guance arrossate. «Non vedo l'ora che arrivi stanotte.»

«Anch'io» mi risponde sussurrando.

«Che cosa diavolo le stai facendo, Brendan?» mi chiede mia madre.

Mi volto, vedendo i miei genitori dietro di noi sulla terrazza. Mio padre inarca un sopracciglio con un'espressione interrogativa. Chloe ha le guance rosa carico. La guido in una lenta piroetta, tenendole i polsi con una sola mano. «Ballando.»

«Danza interpretativa» dice lei con la faccia seria. È una cosa tra di noi. Quasi mi strappo un muscolo cercando di non ridere.

La prendo per mano e scendiamo dalla terrazza, salutando i nostri genitori.

Stiamo morendo, cercando di trattenere la risata. Quando siamo a distanza di sicurezza, mi chiede: «La mia faccia è molto rossa?».

«Adesso va meglio.»

«Pensi che abbiano capito?»

«No.» *Sì*. Sono sicuro che abbiano unito i puntini. «Jack dice di prendere una qualunque delle barche a remi. Vuoi uscire sul lago?»

«Okay.»

Andiamo verso la riva appena oltre un boschetto.

«Tu remi, io resto seduta.»

«Non è così che funzionano le barche a remi.»

Lei mi accarezza i bicipiti. «Ma sei tu quello con i muscoli spettacolosi.» Poi mi spinge verso un albero, baciandomi. Il desiderio nasce istantaneamente dentro di me.

Lei si stacca e sorride, un dolce sorriso angelico. «Okay?»

«Certo.» Non riesco nemmeno a ricordare la domanda.

Qualche minuto dopo siamo su una barca a remi, spinta dai miei muscoli spettacolosi, mentre lei è seduta aggraziata davanti a me e ammira i miei muscoli al lavoro. Aspetto finché siamo al centro del lago prima di gridare: «Onda di marea!» e faccio ondeggiare la barca.

Chloe si afferra ai bordi. «Giuro che se questa barca si capovolge, tu verrai con me.»

«Attenta, ho sentito che a queste trote piace un piccolo snack.»

«Vendetta!» grida.

Mi fermo «Vendetta sexy? È l'unica per cui vale la pena.»

Lei piega un dito, invitandomi ad avvicinarmi. Mi alzo in piedi e mi nuovo con cautela verso di lei, che fa ondeggiare la barca e mi fa volare fuori bordo. *Donna diabolica!* L'acqua è rinfrescante. Ovviamente non posso godermela da solo. Afferro il bordo della barca e la faccio volare fuori.

«Ahh!» urla Chloe.

Viene a galla un attimo dopo e mi spruzza l'acqua in faccia. Poi nuota verso la barca. Le do una spinta per farla risalire (è un peso piuma), ma prima che possa salire anch'io, afferra uno dei remi e comincia a remare allontanandosi. Vedo l'altro remo che galleggia allontanandosi e lo recupero, continuando a galleggiare.

Chloe sembra si stia divertendo un mondo, remando da sola, prima da un lato e poi dall'altro della barca. Procede lentamente, ovviamente, perché i suoi muscoli non si possono paragonare ai miei. Non è in grado nemmeno di alzare un manubrio da bambini.

«Riesco a vedere perfettamente attraverso quel vestito bianco» le dico.

Lei si ferma e si guarda. «Oh, merda, tanto varrebbe essere nuda.»

Colgo l'opportunità di avvicinarmi a nuoto, getto l'altro remo nella barca e mi tiro a bordo. Poi mi tolgo la maglietta con il falso smoking stampato e gliela metto. Non è facile, dato che è bagnata, ma Chloe mi aiuta meglio che può. Il nero della stampa dello smoking nasconde le parti più importanti.

Chloe si toglie i capelli bagnati dagli occhi. «Ho un aspetto ridicolo.»

«Non sei mai stata così bella» le dico e sono sincero. Non l'ho mai vista in nessuna situazione in cui non abbia pensato che era bella.

I suoi occhi si addolciscono. Mi metto in ginocchio davanti a lei, che mi mette le braccia intorno al collo, premendo le labbra sulle mie.

Parecchio tempo dopo, interrompe il bacio. «Vedi in che situazioni mi metti?» mi chiede, accarezzandomi la guancia.

«Brindiamo a molte altre situazioni simili. Facciamo una

doccia calda insieme per scaldarci e alleggerire la tensione sessuale» le dico agitando comicamente le sopracciglia.

Lei sorride, con gli occhi verdi che scintillano. «Dovremo essere molto silenziosi.»

Mi metto a sedere e comincio a remare con forza. «Non posso farci niente se sei rumorosa.»

«È colpa tua se sono rumorosa.»

«Io mi limito a dare, Chloe, sono generoso. Devi imparare a controllarti meglio.»

Ci sorridiamo per un momento gioioso, in completa sintonia, in mezzo a un lago in una giornata assolata, con gli uccellini che cinguettano e il dolce sciabordio dell'acqua contro la barca. Ogni momento con Chloe è meraviglioso, ma questo è speciale. Mia moglie (per la seconda volta) è completamente fradicia, indossa la mia maglietta da sposo e mi sorride. Ho il cuore che scoppia per tutto ciò che provo per questa donna incredibile.

Appena torniamo a riva, le prendo il volto tra le mani e la bacio. «Ti amo, moglie.»

«E io amo *te*, marito.»

E poi camminiamo mano nella mano verso la casa. Sembriamo due randagi che hanno appena fatto il bagno, gocciolanti e più felici che mai. Più che altro perché stiamo per sporcarci lavandoci, ma anche perché ci amiamo. C'è sempre l'amore in sottofondo. Lei ha il mio cuore e io ho il suo. Per sempre.

Non perdetevi il prossimo libro della serie *Rogue Beast - Garrett,* con Garrett coinvolto in una falsa relazione con un'attrazione chimica molto vera!

Harper

Tutti pensato che io sia una dura perché recitavo la parte di un'Amministratrice Delegata in TV. Non è così. Sfortunatamente la faccenda mi ha procurato strani stalker e ho dovuto rassegnarmi ad assumere una guardia del corpo. Stacco su: una bestia d'uomo, con dei sorprendenti occhi color acquamarina, si presenta sul set del mio nuovo show. La botta di desiderio immediato mi coglie di sorpresa. E intendo dire un'ondata di calore dalla testa ai piedi, le farfalle nello stomaco, i nervi a fior di pelle.

È un problema. Ho un fidanzato e questo dovrebbe essere un puro rapporto d'affari. Sembro un'adolescente arrapata alle prese con la sua prima cotta. E poi me ne rendo conto: la mia cotta ci sta.

Garrett

Stavo andando a trovare mia cognata sul set quando Harper Ellis mi ha invitato nella sua roulotte. È una bellezza, certo. Un po' timida e molto dolce. Ci siamo piaciuti subito, quindi non ho voluto sciupare il momento ammettendo di non essere la sua guardia del corpo.

Poi arriva la guardia vera e immagino che sia la fine di tutto. Si scopre che ha un fidanzato, ma poi rompono e la gente si sente dispiaciuta per lei (il tizio l'ha tradita platealmente). Per salvare la faccia, lei dichiara che ci stavamo frequentando.

Non m'interessa se fingere di avere una relazione sia un bene per le pubbliche relazioni, l'attrazione è vera e comincio a pensare che potremmo avere un futuro. Finché tutto mi scoppia in faccia. Adesso ho bisogno di dimostrarle che siamo fatti l'uno per l'altra.

ALTRI LIBRI DI KYLIE GILMORE

Altri libri della serie Rourke, principi da sogno ed eroine tostissime

Royal Catch - Gabriel (Libro No. 1)

Royal Hottie - Phillip (Libro No. 2)

Royal Darling - Emma (Libro No. 3)

Royal Charmer - Lucas (Libro No. 4)

Royal Player - Oscar (Libro No. 5)

Royal Shark - Adrian (Libro No. 6)

I Rourke di Brooklyn:

Rogue Prince - Dylan (Libro No. 7)

Rogue Gentleman - Sean (Libro No. 8)

Rogue Rascal - Jack (Libro No. 9)

Rogue Angel - Connor (Libro No. 10)

Rogue Devil - Brendan (Libro No. 11)

Rogue Beast - Garrett (Libro No. 12)

L'AUTRICE

Kylie Gilmore è l'autrice Bestseller di USA Today delle serie: I Rourke; The happy endings Book Club; The Clover Park e The Clover Park STUDS. Scrive romanzi rosa umoristici che vi faranno ridere, piangere e allungare le mani per prendere un bel bicchiere d'acqua.

Kylie vive a New York con la sua famiglia, due gatti e un cane picchiatello. Quando non sta scrivendo, tenendo a bada i figli o prendendo debitamente appunti alle conferenze per gli scrittori, potete trovarla a flettere i muscoli per arrivare fino all'armadietto in alto, dove c'è la sua scorta segreta di cioccolato.

Iscrivetevi alla newsletter di Kylie per avere notizie sulle nuove uscite e sulle vendite speciali: kyliegilmore.com/IT-newsletter. Controllate il sito web di Kylie per trovare altra roba divertente: kyliegilmore.com.

www.ingramcontent.com/pod-product-compliance
Lightning Source LLC
Chambersburg PA
CBHW070538100726
47907CB00004B/1171